U0140542

中国社会科学院中国边疆史地研究中心　**厉声　主编**

当代中国边疆·民族地区典型百村调查：**内蒙古卷（第一辑）**

分卷主编：**于　永　毕奥南**

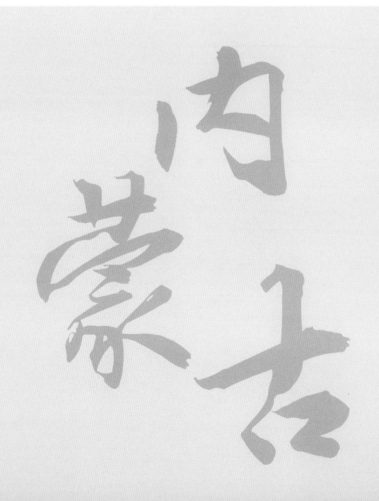

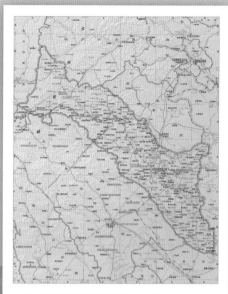

科尔沁右翼中旗地图（摄于2009年8月10日）

撂荒的沙地（摄于2009年7月17日）

罕见的散养羊群（摄于2009年7月12日）

霍林河河道（摄于2009年7月12日）

林木与作物兼种（摄于2009年7月17日）

秋收季节的玉米地（摄于2007年10月13日）

晾晒的葵花（摄于2009年10月23日）

菜市场（摄于2007年10月12日）

嘎查工会（摄于2007年10月12日）

种养殖合作社（摄于2008年5月1日）

高力板酒厂（摄于2007年10月12日）

嘎查光荣榜（摄于2007年10月12日）

20世纪90年代的房屋（摄于2008年8月14日）

犁铧（摄于2007年10月13日）

点葫芦（摄于2007年10月13日）

农用拖拉机（摄于2007年10月13日）

中国社会科学院中国边疆史地研究中心　厉　声　主编

当代中国边疆·民族地区典型百村调查：内蒙古卷（第一辑）

霍林河畔的嘎查

——内蒙古科尔沁右翼中旗高力板镇国光嘎查调查报告

韩　巍◎著

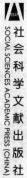

社会科学文献出版社
SOCIAL SCIENCES ACADEMIC PRESS (CHINA)

"当代中国边疆·民族地区典型百村调查"

总 序

　　深入实际、开展国情调研，是中国社会科学院肩负的重要科研任务，也是中国社会科学院履行好党中央、国务院赋予的"思想库"、"智囊团"职能的重要方式。中国边疆省区占国土面积的60%以上，边疆区情及当地的民族社会调研（边疆调研）是中国国情调研的重要组成部分。正如一位边疆工作者所说：不了解少数民族，就不了解中华民族；不了解边疆，就不了解中国。1983年中国社会科学院中国边疆史地研究中心建立后，特别是1990年以来，一直将边疆调研作为学科研究的重点之一。

　　2004年，中国社会科学院中国边疆史地研究中心承担国家哲学与社会科学基金特别项目"新疆历史与现状综合研究"（简称"新疆项目"）。2006年，中国社会科学院中国边疆史地研究中心牵头，立项开展"当代中国边疆·民族地区典型百村调查"（简称"百村调查"），作为此特别项目的子课题。"百村调查"以新疆为重点，在全国新疆、西藏、内蒙古、宁夏、广西五个民族自治区和云南、吉林、黑龙江三省基层地区同时开展，共调查100个边疆基层村落。调查工作在"新疆项目"领导小组和专家委员会指导下，由"百村调查"专家委员会

1

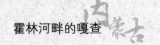
暨编委会组织实施。在中国社会科学院中国边疆史地研究中心主持拟定的调查大纲框架下，发挥每个省区的优势，体现各自的特色。

本项目的实施得到了边疆地区各级地方党政部门的支持。首先，调查工作注意与地方党政部门的相关工作衔接、听取意见，在实施调查之前，主动向各级党政部门汇报情况，听取指示和意见。其次，调查组主动让各级党政部门了解调研的全过程，在调研过程中出现问题时及时向相关党政部门请示。再次，调研阶段成果和最终成果的副本同时提供地方党政部门参考。

"百村调查"的调研主题是：改革开放30年来中国边疆基层村落的民族社会和经济发展的历史与现状。具体内容包括：乡村概况、基层组织、经济发展、社会生活、民族、宗教、文教卫生、民俗风情等。项目调研的时间是：2007~2008年（资料下限至2007年底或适当延长）。

"百村调查"的调研对象为：100个具有典型意义与特色的中国边疆基层村落。课题以基层乡、村两级为调查基点，大致每个省区选择2个地州，每个地州选择1~2个县，每个县选择2个乡，每个乡选择2个村。新疆共调查22个村，其他地区均为13个村（辽宁、吉林、黑龙江以东北边疆为单元，共调查13个村）。调查点的选择要求：

（1）本地区社会稳定与经济发展中具有典型意义的基层乡和村。

（2）存在边疆现实政治、社会或经济发展的热点、难点问题。

（3）与 20 世纪 50 年代全国边疆民族调查能有一定的衔接。

"百村调查"采取学术调查与现实政治相结合的方法，以社会人类学入村入户调研方法为主，同时关注现实政治、社会与经济发展中的热点、难点问题：一般共性调查与专题专访调查相结合，在一般综合性调查的基础上，选择好专访或专题调研的"切入点"——总结经验与完善不足相结合，在总结各项工作经验的同时，善于发现问题和提出解决问题的对策与建议。调研注重入户访谈和小范围座谈的专访调查。在一般性问卷和统计资料收集的基础上，注重对基层干部、群众典型、教师、宗教人士等特定人员的专题访谈，倾听和收集他们对基层社会稳定与经济发展的看法、意见和建议，形成能说明问题的专访或专题调研报告。

"百村调查"的成果形式分为调查综合报告与专题报告两大类。

（1）调查综合报告：依据大纲规定，撰写有关乡村经济社会等发展状况的综合报告，课题结项后分期公开出版。专题报告及调查资料可以公开发表的，在篇幅允许的情况下，作为附录附在综合报告末尾。

（2）专题报告：内容较敏感、不适宜公开出版的专题报告，集成《专题报告集》，内部刊印。

"百村调查"主编　厉声　谨识

2009 年 8 月 25 日

目　录
CONTENTS

图目录
FIGURE CONTENTS

表目录
TABLE CONTENTS

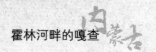

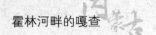

序 言
FOREWORD

  "当代中国边疆·民族地区典型百村调查"是 2004 年度国家社会科学基金特别项目"新疆历史与现状综合研究项目"的子课题。内蒙古自治区既是中国少数民族聚居地区，又是中国边疆地区，于是顺理成章成为这个子课题的有机组成部分。按照课题的整体设计，内蒙古自治区需要调查 13 个典型村。由于多年合作关系，项目主持单位中国社会科学院中国边疆史地研究中心决定依托内蒙古师范大学历史文化学院，委托院长于永教授和中国社会科学院中国边疆史地研究中心的毕奥南研究员共同主持内蒙古自治区的子项目。

  接受任务后，根据内蒙古地域辽阔、农村牧区基层社会类型多样的具体情况，在选择典型村时，我们考虑了以下几个标准：第一，选择的典型村应该覆盖内蒙古的东西南北。因为内蒙古东西部经济文化以及地理因素存在诸多差别，南北风貌也不尽一致，所以典型村的选择如果集中在一个地区，很难反映内蒙古作为边疆民族地区的全貌。我们认为应该在内蒙古的各个盟（市）范围内，尽量做到每个盟（市）选择一个村（嘎查）。第二，需要兼顾内蒙古不同地区的不同经济社会类型。广袤的内蒙古自治区有农

1

区、牧区、半农半牧区；有城乡结合地区，还有边境地区；有蒙古族聚居区，有汉族聚居区，还有其他少数民族聚居区，还有蒙汉杂居地区。因此，典型村的选择必须兼顾这些类型差异。

根据上述考虑，我们在内蒙古最东部的呼伦贝尔市（原呼伦贝尔盟）选择了额尔古纳市恩和村。这个村既是中国俄罗斯族聚居区，又是中国东北部与俄罗斯临界的边境村。从该村社会发展可以观察中国边境地区俄罗斯族经济文化变迁轨迹。

在兴安盟选择了科尔沁右翼中旗高力板镇的国光嘎查。这是清末蒙地放垦后形成的村落，经济形态上经历了由牧到半农半牧的演变，在民族成分上是蒙汉杂居地区。由于地理区位上处于两省区（内蒙古自治区与吉林省）三地（吉林省通榆县、兴安盟赉特旗、本旗所在地巴彦呼舒镇）之间，经济发展思路值得关注。

通辽市（原哲里木盟）是全国蒙古族人口聚居比例最大地区。我们在该地区选择了三个村，分别是扎鲁特旗东南部道老杜苏木保根他拉嘎查和扎鲁特旗西北部鲁北镇的宝楞嘎查，以及科尔沁左翼中旗白音塔拉农场二爷府村。这三个村都是蒙古族聚居的农业村落。扎鲁特旗的两个嘎查是清末蒙地放垦以后，在牧业地区逐渐形成的农业村落。新中国成立以后国家在内蒙古自治区建立了很多农场，对于科尔沁左翼中旗白音塔拉农场二爷府村的调查能够让我们对内蒙古地区农场的变迁及其经营现状有一个认识。

赤峰市喀喇沁旗地处燕山山脉深处，是清代前期（康熙）开始农耕化的地区，历经几百年，当地的蒙古族已经汉化，现在是以农业为主业、牧业为副业、汉族人口占多数的蒙汉杂居地区。喀喇旗王爷府镇富裕沟村是内蒙古的山村，对该村的调查能够开启一个窗口，了解内蒙古南部地区农村社会的基本情况。

锡林郭勒盟地处中国正北方大草原，正蓝旗赛音胡达嘎苏木和苏尼特左旗赛罕高毕苏木是典型的牧区，这两个地区保留着传统蒙古族的生产生活方式，受农耕文化的影响比较小。正蓝旗是察哈尔蒙古族聚居区，赛音胡达嘎苏木地处浑善达克沙地，传统牧业经济由于受生态环境恶化影响，已经难以发展。苏尼特左旗地处内蒙古的北部，是紧邻蒙古国的边境旗，因为环境恶化严重，正在执行"围封转移"政策。对这两个牧区嘎查的调查，可以让人们了解到草原生态形势严峻，以及牧业经济发展的困境。进而引发的思考是，在发展经济的同时，蒙古族传统文化怎样迎接社会转型的挑战？

呼和浩特市清水河县的窑沟乡老牛湾村，是内蒙古南部地区与山西偏关临界的一个山村，地处黄土高原丘陵区，临黄河和长城，与山西省仅一河之隔，在清代前期即有山西移民进入，是山西移民在内蒙古组成的汉族村落，也是有名的贫困地区。调查者以扶贫挂职方式深入当地生活，与当地干部密切合作，回顾历史发展历程，探索新的发展思路，尝试揭示这个村的前生今世。

呼和浩特市土默特左旗小浑津村是城乡结合部的蒙古族村落，这里蒙古族居民的语言和生产方式已经汉化，但是还保留着浓厚的蒙古族习俗。面临社会转型，生产方式改变，这个蒙古族村落如何保留自己的习俗，调查者希望通过努力，来揭示民族文化变迁的轨迹。

鄂尔多斯市（原伊克昭盟）准格尔旗十二连城乡五家

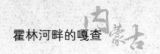
尧村濒临黄河，现是内蒙古自治区的新农村建设示范点。村落社区面临全面转型。既有生产、生活方式的变革，也有社区治理格局的转变。调查者准备对这种转型进行截面式描绘，展示该村改革开放以来取得的成绩及存在的问题。

巴彦淖尔市（原巴彦淖尔盟）杭锦后旗双庙镇继丰村地处河套平原与乌兰布和沙漠交会处，是内蒙古地区近代典型移民村。这里自然环境恶劣，但居民顽强地适应了生存环境，并通过长期奋斗使环境沙化得到遏制。改革开放30年来，这里的社会经济得到长足发展，调查者拟通过实地走访，入户恳谈，努力勾勒这个村的发展历程。

包头市达尔罕茂明安联合旗明安镇白音杭盖嘎查地处大青山北，是蒙古族为主的纯牧业区，因为生态环境恶化，根据国家政策已经全部禁牧。但是，如何安置当地牧民，涉及诸多问题，这在内蒙古地区推行城镇化及生态移民的实践中具有典型意义。

在初步择定调查点后，为了保证调查工作顺利实施，为了能够得到真实的调查材料，课题组采取了以下措施：

第一，选择熟悉典型村的专家学者担任主持人。内蒙古地区13个典型村的负责人可以分成两种类型：一种是在该村生活数年或者十多年，与村民熟悉，对该村的情况比较了解的人员；另一种是在调查村有特别熟悉的人员，能够起到引荐的作用。鄂尔多斯市五家尧村、巴彦淖尔市的继丰村、赤峰市的富裕沟村、通辽市的三个村、锡林郭勒盟的两个嘎查、呼和浩特市清水河县老牛湾村9个典型村的负责人都属于第一种类型。其他典型村负责人属于第二种类型。

通过选择熟悉并且与典型村有密切关系的专家学者担

任主持人，能够有效地消除调查者与被调查者之间的隔膜，消除被调查对象的顾虑，得到调查对象的配合，从而获取真实的信息。所选择的熟悉典型村的专家学者，大都是出生在典型村，高中毕业后因考入大学才离开了所在的村庄。他们在本村生活近20年，对本村的历史、环境、经济、政治、生产生活方式、风俗习惯、文化心理等，都有深切的感性认识，能够准确地表述本村情况。

第二，对参加调查人员进行业务培训。首先认真研读中国社会科学院中国边疆史地研究中心下发的有关本次调查的文件，参考其他省区调查成果。根据调查文件，结合内蒙古地区的实际情况，在多次商讨的基础上，拟定了内蒙古地区调查的大纲、调查问卷、访谈大纲、调查表，请有经验的调查人员介绍了调查中应注意的问题。

第三，选择清水河老牛湾村进行试点调查。老牛湾村距离呼和浩特市比较近，其他各村的主持人，首先到该村参与调查，得到一定的锻炼，取得一些调查经验，再开始本村的调查。

第四，对13个村的调查基本上采取线型推进的方式，没有采取平推的方式，目的是先开展调查的村能够给后开展调查的村积累调查的经验。

参与内蒙古地区典型村调查的学者多出身于历史学专业，在调查过程中，主要使用了历史学的方法，直接收集典型村的档案资料，通过访谈获得第一手的口述资料，通过调查问卷获得一家一户的数据性资料，通过观察获得感性资料。在通过不同方式最大限度地获取资料后，试图全面客观地描述典型村的现状及历史变化，目的是让读者对典型村的状况能有一个全面的认识。

　　第一次在内蒙古地区做这样一个比较大规模的调查，从我们的角度来说是一个尝试，受主客观条件的制约，调查成果肯定还有很多问题，我们期盼着同行的指正。

于　永　毕奥南

2009 年 12 月 1 日

第一章 概况

第一节 自然

一 地理位置

国光嘎查是内蒙古自治区兴安盟科尔沁右翼中旗（简称"科右中旗"，当地人又简称"中旗"）高力板镇（简称"高力板"）的一个行政村，位于大兴安岭东南麓，地处霍林河冲积平原向松辽平原过渡地带。兴安盟位于内蒙古自治区东北部，因地处大兴安岭山脉中段而得名。兴安盟东北与黑龙江省相连；东南与吉林省毗邻；南部、西部、北部分别与内蒙古自治区通辽市、锡林郭勒盟和呼伦贝尔市相连；西北部与蒙古国接壤；边境线长 126 公里。科尔沁右翼中旗位于兴安盟南部，呈西北向东南狭长状。科右中旗东与吉林省通榆县、洮南市和兴安盟突泉县接壤；南与通辽市科尔沁左翼中旗相连；西与通辽市的扎鲁特旗、霍林郭勒市，锡林郭勒盟东的乌珠穆沁旗毗邻；北与兴安盟科尔沁右翼前旗相接。据《科尔沁右翼中旗志》[①]（以下简称

---

① 《科尔沁右翼中旗志》，内蒙古人民出版社，1992。

"旗志")记载,科右中旗南北长 540 公里,东西宽 60 公里,总面积 15613 平方公里,地跨东经 119°34′~122°18′,北纬44°14′~46°41′。高力板镇地处科右中旗东南部,霍林河下游,距科右中旗政府所在地巴彦呼舒镇东南 35 公里,西与通辽市扎鲁特旗毗邻,东与吉林省通榆县接壤,北与科右中旗新佳木苏木交接,南与科右中旗好腰苏木相连。

国光嘎查位于高力板镇政府腹地的西南角,嘎查委员会办公地点距镇政府办公楼西侧偏南 1 公里,距国道 111 线南 0.5 公里。国光嘎查呈狭长状,南北长约 7.5 公里,东西宽约 8 公里;北邻新佳木苏木好力宝嘎查,西接高力板镇蒙兴嘎查,东临新佳木苏木萨布台嘎查,南邻高力板镇区街道①(见图 1 -1)。

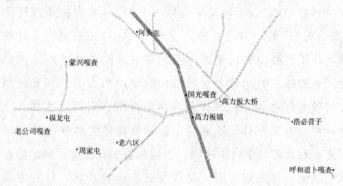

图 1 -1　国光嘎查行政区划（摄于 2009 年 8 月 10 日）

二　地形地貌

国光嘎查为平原地带,是松辽平原的余部,有沙陀地

---

① 即旧 111 国道。

和小片平原，亦有盐碱地。其中沙陀面积3万亩，分布于嘎查东北部；平原面积6000亩，位于嘎查西北部；盐碱地面积2000亩[①]，位于嘎查西部。

三 水文气候

（一）水文

霍林河（见图1-2）流经国光嘎查。据2009年7月新上任的嘎查支书曹秀成讲，霍林河以前常年有水，河里有鱼。从1998年发过洪水后，霍林河变为季节性河流，2000年后本地开始用四轮车配套水泵进行灌溉，灌溉时间为5~8月。本地地下水利用主要有两种，一种是灌溉用的机井，一种是饮水用的手压井。机井深为25~50米，手压井深为8~9米。国光嘎查最早打手压井的是村民杨贵臣家，已经有34年历史，即1975年本地已经开始打井吃水。在有手压井之前，村民吃水都是用大口井。本地地下水水位较高，一般挖到

图1-2 霍林河河道（摄于2009年8月9日）

---

① 据高升村民冯某的说法，本地从1998年发完洪水之后，就再没有盐碱地。

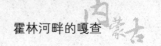

2~3米深即能出水，当时村民吃水就是挖一个大坑，等水渗出即可，基本上一个屯有2~3个这样的大口井。村民杨贵臣家现在的手压井也是在以前的大口井上改造而成，即手压井的抽水管置于大口井下，大口井的口子也不封闭。这两年老两口得帮着儿女带孩子，怕小孩不懂事乱跑掉到井里，才把大口井的井口子完全封住。

（二）气候

据旗志载，国光嘎查为中温带半干旱大陆性季风气候区，四季分明，日照丰富，太阳辐射强，雨热同期，冬冷夏热，昼暖夜凉。春季干旱多风；夏季温热，雨水集中；秋季较短且凉爽，霜冻频繁；冬季漫长而严寒多雪。据村民介绍，国光嘎查风沙较大，每年的上半年，西北风和偏北风较多，偶尔也有东北、西南风。下半年西北、东北、东南风较多，雨水主要集中在每年的6月、7月、8月三个月。

四 资源物产

（一）植物资源

粮食作物：玉米、大豆（黄豆）、高粱、谷子、荞麦、糜黍、马铃薯、小麦、黑豆等。

经济作物：绿豆、香瓜、线麻、豇豆、西瓜、向日葵、蓖麻、甜菜、烟叶等。

林木：白杨、桑树、柳树、松树等。

菜蔬：倭瓜、白菜、芹菜、韭菜、黄瓜、茄子、菠菜、萝卜、辣椒、青椒、豆角、大葱、葱头、大蒜等。

野生植物：苦菜、芦苇、马莲、柞树、榆树、桦树等。

药材：甘草、麻黄、防风、知母、车前子、蒲公英、枸杞、沙棘等。

（二）动物资源

家禽类：鸡、鸭、鹅、鸽等。

家畜类：猪、牛、马、绵羊、山羊、狗、驴等。

水产类：鲢鱼、草鱼、青鱼、鲫鱼、鲤鱼、鲶鱼、泥鳅等。

野生动物类：狐狸、黄羊、野兔、大白鹭、鹳、雁、野鸭、鹌鹑、雕等。

五 自然灾害

据村民介绍，国光嘎查地区常见的自然灾害有干旱、霜冻、冰雹、大风、洪涝、白灾等。据曹秀成书记讲，总体而言本地受风灾和旱灾影响最大。从 1998 年至今，本地一直遭受比较严重的旱灾，每年至少减产 40%，这对作物种植种类有较大影响。以前本地主要种玉米、高粱、大豆，现在主要种豇豆、绿豆等相对耐旱的品种。风灾也是如此，1998 年至今比较严重，现在村民种抗倒伏品种较多。虽然嘎查已开展了多年的植树造林工作，但短期内还没见到明显的效果。本地较为严重的灾害还有洪涝，尤其是 1998 年，这里发了一次大水，导致当时高力板镇街道里的水都齐腰深。遭灾后，政府给无房户价值 9000 元的救灾物资，共有 91 户得到帮助，其余村民靠自救①。本地冰雹和霜冻不算严

---

① 据嘎查支部书记讲，当时国家给予了救援物资，但嘎查的分配方案有失公平，引发村民集体告状，告到旗里也没能平息，国光嘎查也因此成为"上访告状村"。

重，只导致零星受灾，最严重的是 2007 年 10 月中旬到 11 月的一次霜冻，把大地蔬菜都冻死了。

第二节 社会

一 村落布局

调查之时，国光嘎查辖两个自然屯，分别是国光屯（简称"国光"）和高升屯（简称"高升"），高升在东，国光在西，两屯以旧 111 线为分界。据于长友讲，2001 年国光嘎查实行村民小组十户联防，即按居住地域每 10 户选出 1 个代表，并将嘎查集体事务分配下达给各小组代表，这样一来，一些集体事务在茶余饭后就可商量解决。这在当时属全自治区首创，成为一项成功经验。当时国光屯共 15 个村民小组，高升屯共 6 个村民小组，全国光嘎查共 21 个村民小组。

二 人口构成

据嘎查支书曹秀成讲，国光嘎查是全科右中旗的四个汉族嘎查之一，2009 年高力板镇辖 22 个嘎查，76 个自然屯，国光嘎查共 210 户，1331 人。另据于长友讲，现在国光屯共 248 户，将近 800 人，其中蒙古族占 30%，满族有 7 ~ 8 户，汉族占 60%。根据高力板镇派出所提供的资料统计（见表 1 - 1、表 1 - 2），截至 2009 年 6 月，国光嘎查总户数 352 户，其中，国光屯 229 户，高升屯 123 户；总人口 1201 人，其中，国光屯 778 人，高升屯 423 人；男性 556 人，其中，国光屯 358 人，高升屯 198 人；女性 645 人，其中，国光屯 420 人，高升屯 225 人。全嘎查有汉族 837 人，蒙古族 330 人，满族 34 人。

表 1 – 1　2009 年国光嘎查村民基本情况统计

单位：人，%

	人　数	所占比重
全嘎查	1201	
汉族	837	69.7
蒙古族	330	27.5
满族	34	2.8

资料来源：课题组根据高力板镇派出所提供资料统计。

表 1 – 2　2009 年国光嘎查高升屯与国光屯村民基本情况统计

单位：人，%

	高升屯	百分比	国光屯	百分比
在籍人口	423	35.2	778	64.8
户　数	123	34.8	229	64.9
男	198	16.5	358	29.8
女	225	18.7	420	35.0
蒙古族	180	15.0	150	12.5
汉　族	235	19.6	602	50.1
满　族	8	0.7	26	2.2

资料来源：课题组根据高力板镇派出所提供资料统计。

在国光嘎查 352 户村民中，共有 59 个不同的姓氏，分别是：王、孙、张、李、赵、曹、刘、于、杨、包、黄、白、季、吴、姚、韩、何、梁、商、徐、闫、陈、高、袁、车、范、冯、姜、焦、林、卢、齐、伞、唐、杜、樊、陆、吕、马、毛、石、宋、田、衣、尹、常、段、耿、贾、来、廉、苗、邱、任、塔、温、武、艳、余，其中以王、孙、张、李、赵为最大姓。王姓 137 人，占全嘎查

11.4%；孙姓110人，占全嘎查9.2%；张姓104，占全嘎查8.7%；李姓85人，占全嘎查7.1%；赵姓77人，占全嘎查6.4%（见表1–3）。

表1–3　2009年国光嘎查姓氏户数分布统计

单位：户

姓氏	户数	姓氏	户数	姓氏	户数	姓氏	户数
王	37	韩	5	卢	3	常	1
孙	35	何	5	齐	3	段	1
张	29	梁	5	伞	3	耿	1
李	23	商	5	唐	3	贾	1
赵	23	徐	5	杜	2	来	1
曹	16	闫	5	樊	2	廉	1
刘	14	陈	4	陆	2	苗	1
于	13	高	4	吕	2	邱	1
杨	11	袁	4	马	2	任	1
包	10	车	3	毛	2	塔	1
黄	8	范	3	石	2	温	1
白	7	冯	3	宋	2	武	1
季	6	姜	3	田	2	艳	1
吴	6	焦	3	衣	2	余	1
姚	6	林	3	尹	2	合计	352

资料来源：课题组根据高力板镇派出所提供资料统计。

在国光嘎查国光屯229户村民中，共有40个不同的姓氏，其中以王、孙、张、赵、李为最大姓。王姓92人，占全屯11.8%；孙姓89人，占全屯11.4%；张姓62人，占全屯8.0%；赵姓60人，占全屯7.7%；李姓41人，占全屯5.3%（见表1–4）。

在国光嘎查高升屯123户村民中，共有39个不同的姓氏，其中以王、李、包、张为最大姓。王姓45人，占全屯

10.6%；李姓44人，占全屯10.4%；包姓22人，占全屯5.2%；张姓21，占全屯5.0%（见表1-5）。

表1-4　2009年国光嘎查国光屯姓氏户数分布统计

单位：户

姓氏	户数	姓氏	户数	姓氏	户数	姓氏	户数
孙	29	白	6	车	3	陆	1
王	24	吴	6	范	3	齐	1
赵	19	韩	5	伞	3	任	1
张	16	何	5	杜	2	石	1
李	14	梁	5	高	2	田	1
刘	11	商	5	林	2	温	1
曹	10	陈	4	毛	2	闫	1
于	10	徐	4	衣	2	艳	1
杨	9	姚	4	耿	1	尹	1
黄	8	袁	4	来	1	余	1

资料来源：课题组根据高力板镇派出所提供资料统计。

表1-5　2009年国光嘎查高升屯姓氏户数分布统计

单位：户

姓氏	户数	姓氏	户数	姓氏	户数	姓氏	户数
王	13	姜	3	齐	2	陆	1
张	13	焦	3	宋	2	苗	1
包	10	刘	3	杨	2	邱	1
李	9	卢	3	姚	2	石	1
曹	6	唐	3	白	1	塔	1
季	6	于	3	常	1	田	1
孙	6	樊	2	段	1	武	1
闫	4	高	2	贾	1	徐	1
赵	4	吕	2	廉	1	尹	1
冯	3	马	2	林	1	合计	123

资料来源：课题组根据高力板镇派出所提供资料统计。

在国光嘎查 352 户村民中，家主籍贯主要为本旗，有少部分为辽宁、河北、山东、山西等地（见表 1-6 ~ 表 1-8）。

表 1-6　2009 年国光嘎查家主籍贯分布统计

单位：户

籍贯	本旗	山东	辽宁	河北	山西	总计
户数	271	18	31	22	10	352

资料来源：课题组根据高力板镇派出所提供资料统计。

表 1-7　2009 年国光嘎查国光屯家主籍贯分布统计

单位：户

籍贯	本旗	山东	辽宁	河北	山西	总计
户数	181	10	20	10	8	229

资料来源：课题组根据高力板镇派出所提供资料统计。

表 1-8　2009 年国光嘎查高升屯家主籍贯分布统计

单位：户

籍贯	本旗	山东	辽宁	河北	山西	总计
户数	90	8	11	12	2	123

资料来源：课题组根据高力板镇派出所提供资料统计。

在国光嘎查 1201 人中，已婚 693 人，未婚 492 人，其他情况 16 人（见表 1-9 ~ 表 1-11）。

表 1-9　2009 年国光嘎查婚姻状况统计

单位：人

婚姻状况	未婚	已婚	独身	丧偶	总计
人　数	492	693	8	8	1201

资料来源：课题组根据高力板镇派出所提供资料统计。

表 1-10　2009 年国光嘎查国光屯婚姻状况统计

单位：人

婚姻状况	未婚	已婚	独身	丧偶	总计
人　数	298	471	6	3	778

资料来源：课题组根据高力板镇派出所提供资料统计。

表 1 - 11 2009 年国光嘎查高升屯婚姻状况统计

单位：人

婚姻状况	未婚	已婚	独身	丧偶	总计
人 数	194	222	2	5	423

资料来源：课题组根据高力板镇派出所提供资料统计。

课题组从高升屯随机选取了 35 户，从国光屯随机选取了 65 户进行了入户调查。在对这 100 户进行调查的过程中，课题组又重点选择了 22 家进行了深度访谈，这 22 家的家主大都为思路清晰、见识较广、对嘎查事务也颇为关心的嘎查居民。被调查农户人口基本情况及人口年龄分布分别如表 1 - 12 和表 1 - 13 所示。

表 1 - 12 国光嘎查被调查农户人口基本情况统计

单位：人

	高升屯	国光屯	总 计
人 数	111	259	370
户 数	35	65	100
男	54	112	166
女	57	147	204
蒙古族	45	34	79
汉 族	59	217	276
满 族	7	8	15

资料来源：课题组根据调查资料统计。

表 1 - 13 国光嘎查被调查农户人口年龄分布统计

单位：岁，人

项目 \ 年龄段	0~9	10~19	20~29	30~39	40~49	50~59	60~69	70 以上	合计
男性人数	4	20	42	22	30	32	8	8	166
女性人数	13	25	40	47	33	27	6	13	204
合 计	17	45	82	69	63	59	14	21	370

资料来源：课题组根据调查资料统计。

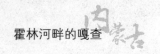
三　交通通信

国光嘎查距巴彦呼舒火车站东南 40 公里，距吉林省通榆县仅 22 公里，是科右中旗至吉林省通榆县、巴彦呼舒镇至巴彦芒哈苏木、巴彦呼舒镇至通辽市的交通枢纽。国光嘎查正好位于高力板镇的镇区，新旧两条 111 国道线都紧邻嘎查，一条是 20 世纪 70 年代末修的老国道（见图 1－3），一条是 2008 年修的新国道（见图 1－4）。据嘎查支书讲，虽然高力板镇属于老镇，但内部道路以前一直是土路，后来 1991 年才修了砂石路。20 世纪六七十年代末，国光嘎查只有普通的乡间小道，交通工具多是胶轮车、畜力车和自行车。1980 年代后期，个别农户开始买手扶拖拉机，交通工具略有改善。1990 年代后，高力板镇至吉林省通榆县的柏油路开通、高力板镇至巴彦忙哈苏木的水泥路开通，国光嘎查村民出行工具也由自行车变为摩托车，有的富裕农户还买了农用汽车和小轿车。与此同时，长途班车亦更加发达畅通，嘎查与嘎查、嘎查与镇、镇与旗之间的联系也

图 1－3　旧 111 国道（摄于 2009 年 8 月 9 日）

图 1-4　新 111 国道（摄于 2009 年 8 月 9 日）

方便起来，村民可以自由往来于各地集贸市场，物资交流日趋畅达。

在车辆购置方面，1992 年于长友花 8 万元买了一辆东风车搞运输，当属本地第一家。开始于长友雇司机，月工资为 500 元。当时的小学教师工资也就每月 200 元，因此这个工资标准算是很高了，当然跑长途也很辛苦。嘎查里第一个买摩托车的也是于长友，1992 年他花 8300 元从乌兰浩特买了辆本田 90，一直用到 2006 年。国光屯买轿车的第一家还是于长友，他在 2002 年时买的桑塔纳 2000 共花费 14 万元。在国光嘎查运输车辆的购买历史上，于长友大都是第一，唯一例外的是客货两用皮卡，这种车最早是曹秀成家购买。于长友称现在国光屯共有轿车 8 辆，皮卡车 13 辆，小货车 54 辆，大型农用车 3 辆，四轮车 292 辆，三轮车 3 辆，几乎家家有 1~2 辆摩托车，农用三轮车、拖拉机、农用汽车成为农业运输的主要工具。

从访谈中得知，第一台电视机是 1981 年进入本嘎查，虽然只是 14 英寸的黑白电视，但也只有时任嘎查支书的袁贵富家一台。全嘎查首先安电话的是袁贵富和嘎查达于长友，时间为 1997 年。当时一部电话 2000 元，20 元月租。同是 1997 年，于长友成为全嘎查第一个用手机的，当时他以 1300 元购买了一部普通的摩托罗拉手机，上移动网，资费是每分钟打电话 0.6 元、接电话 0.3 元，于长友称自己当时平均每月的话费为 1000 元。嘎查里第一家上互联网的也是于长友家，1999 年于长友在高力板小学当老师的儿子结婚时，跟家里提出不要电视要电脑，于长友便给儿子买了电脑接了互联网。现在的国光嘎查家家都至少有 2 部手机，电视机也都换了多次，嘎查里用电脑的农户达到 20% 左右，50～60 户。

四　历史背景

据旗志载，清宣统二年（1910 年），河北省抚宁县手艺人杨老广迁来今高力板，在霍林河西岸盖起一所二梁起脊的三间土房，开设银匠铺，当地蒙古族人称其为"高林百兴"①，后逐步演化为高力板，今为高力板镇政府所在地。不久以后，辽宁省朝阳人李振、李同兄弟二人迁来经营这所银匠铺。李振在与乡民的交往中了解到，这一地区柴积粮足，便办了火龙烧锅。民国 5 年（1916 年），图什业图亲王业喜海顺同洮南商贾陈永清、富豪于金财合股扩大火龙烧锅规模，改称公庆成烧锅，招来很多汉族工人。后有山东人唐尚仁、李几阁、田某某及辽宁人姜老俊等几户汉族商人相继迁来定居，开设杂货铺。民国 21～27 年（1932～1938 年），高力板已形成小镇规模，有了大街小巷，商业居民日益增多，摊

---

① "高林百兴"为蒙古族语，意为"临河平房"，以区别于蒙古包。

床、店铺、作坊、铁匠炉、药铺、饭馆、大车店等有 40 多家，私塾学堂 3 处。高力板镇在 1946 年曾为科右中旗人民政府驻地，1948 年成立高力板街，新中国成立时更名为高力板努图克，1954 年改称高力板街，1956 年建镇，1958 年成立高力板人民公社，1980 年恢复镇建制至今。

图 1-5 高力板酒厂（摄于 2007 年 10 月 12 日）

"文化大革命"时期（1966～1976 年），国光生产大队改称国光大队革委会。据旗志记载，在"文化大革命"中，全旗 456 个基层党支部全部被打成反革命组织"内人党党支部"。但据嘎查支书于长友讲，当时本地军宣队进来维护秩序，避免了被打成"内人党"的浩劫。1984 年，科右中旗开始实行镇、苏木（乡）、嘎查（村）、艾里（屯）行政体制，将原 18 个人民公社改为 2 个镇、16 个苏木，国光嘎查归高力板镇管辖。

五　历史传说

村民耳熟能详的一些民间传说并非仅限于高力板镇，而是流传在整个科右中旗，课题组根据村民所知的传说故事，结合《科尔沁右翼中旗文史》[①] 整理如下：

（一）土匪

中华人民共和国成立前，本地土匪较多。人们把打砸抢的帮伙式强盗统称为土匪，按照规模，100 人以内不成规模的土匪称为绺子，100 人以上成规模的称为胡子。他们或三两个一伙白天截道打劫，或黑夜里砸明火，此外还有三五成群骑马流窜抢人财物。村民回忆，本地最大的胡子是"黑塔"、"天下好"、"满天红"。"天下好"与"满天红"是盟友，前者有 30 多人，后者有 50 多人，共约 80 人，属当时科右中旗南部的惯匪，此外还有吉林洮南的"九江红"。胡子成分复杂，有的以掠夺财物为目的，有的是因闹事犯罪而暂时躲避，还有的是反抗社会不公而专门与地方官衙作对。大规模的土匪有一定的组织系统和职务系列。胡子的总头自称"大当家的"，二号的叫"二当家的"，也有的叫做"大掌柜的"、"二掌柜的"；掌握总务和分配财物的叫做"洋子房当家的"。按人数的多少，每 10～20 人为"一朋"，其头目叫做"炮头"。此外还有"上闲员"、"下闲员"等高级枪手，他们不担任其他角色，只在作战中专

[①]　政协科右中旗委员会《科尔沁右翼中旗文史》，共六辑，内部出版物。

打前锋或断后，按土匪的黑话讲是打"前卡子"、"后卡子"的作战高手。

大股土匪专门从事财物的掠夺，既从普通老百姓身上搜掠，也针对富豪人家，尤其是那些有恶行的且财源不善的，对这些人进行搜掠或绑架。此外，他们还会对官方人员绑架，主要是为了索取子弹、大烟土（鸦片）等急需物资。土匪打劫时很残暴，如果不交出钱物，会把地主扔到地下，用马踩死。

土匪内部也有严格的纪律和禁忌，违者也要受到处罚。比如：禁忌吃婚宴，不准抢夺新人的首饰、服装等；对老人寿宴只准放开肚子吃饱喝足，不准抢劫，否则被视为大逆不道；个人收入一律交柜上，严禁私饱己囊；严禁官报私仇，个人遇到仇人也要向总头目报告，是非分明之后由总头目裁定处置方法，禁止私人擅作主张。

科右中旗土匪横行的年代是 20 世纪 20 年代左右，伪满洲国成立后，日本人曾火力剿灭各种土匪，有过一段时间的平静。中华人民共和国成立前的短暂时间内，各类土匪又一时崛起，扰乱社会，使偏僻地区的人们吃尽苦头，生产生活遭到破坏。到了新中国成立前夕，有绺子加入大团①的，如果纪律紧，就不会再抢，如果纪律不紧，还会抢百姓。中华人民共和国成立后，科右中旗新生政权组织旗大队全力剿匪，到 1953 年取得全面胜利，土匪绝迹。

（二）王爷府

按《科尔沁右翼中旗文史》记载，科右中旗图什业图

---

① 村民称，大团是当时村民对新四军的称呼。

王府的建筑款式和结构参考北京皇宫模式，有坡顶、斗拱、隔扇间房、雕梁画栋等。王府的整体建筑主要由王宫（中院、高勒傲日都）、三个衙门、游乐场所、佛事经堂（家庙）等区域构成。此外还有雄伟的城墙、城门、炮楼等护城设施，特别森严华贵、富丽壮观。王府南北长 258 米、东西宽 244 米，占地面积 62952 平方米，建筑面积 4800 平方米，占地近 40000 平方米，共有 42 栋，150 间房屋①。王府地形东高西低靠山面水，北有五头山应了玄武之位；右有长道查干出鲁，应了白虎之位；左有流水应了青龙之位；前有湖泄应了朱雀之位。王府坐落在平坦的梁土之地。按五行之说此处是五位不缺的地善之所。

王宫正院是四进四合院，府门仿照北京皇宫的午门修成，门窗均镶嵌玻璃，因此人们称为锡林傲日都，蒙语意为玻璃宫。府门前除一对石狮外，还备有上马石和下马石，石狮两侧竖有四根高耸的石座旗杆。府门内院两侧是王爷的近卫侍从士兵和外事仆役的居所，设有一般客房。进府门穿过彩色玻璃门有一排正房，为王爷的迎客厅。迎客厅的后院隔一道花墙，再穿过一道拱门也有一排正房，为王爷的议事厅。继续往里，通过一扇雪花门，经过影壁进入第三道院，此院西侧有一藏式楼阁，为王爷的家庙，是王爷和家人每天拜佛祈祷的地方。东侧是博物室，内有各种古玩玉器。北侧是大正房，里边有王爷的储案室和娱乐室。这个四合院的其他厢房有印鉴房、厨房、书房、贵宾宿房等。再往里是第四道院，坐北朝南的大正房是王爷和妻儿

---

① 村民中有两种说法：一说王府与北京故宫一样，共 999 间，样式一样，就是规模小点；一说王爷府与故宫就差 5 间房子，造型一模一样。

的居所。院内通道用花石铺就，两侧栽植各种花木，室内铺绒花毯，紫檀家具、金银器具、珠宝玉石应有尽有。王宫正院东西跨院是东衙门和西衙门。东衙门为长史处，是管理王府内部事务的机关，主管王爷及家眷的日常生活和一切财产。西衙门为印务处，是旗（扎萨克）的政权机关，主管全旗的一切事务。王府外围还建有城墙，四角和东西城墙中段建了 8 个炮楼，各炮楼架设着蹲炮。城门朝南，设有箭垛。如果打开城门和王宫的四道通门，就可以直视南边的代钦哈噶湖，就像照镜子。

据说，王府所用木料都是从大兴安岭和长白山用多轮车拉来的，有的还是冬天洒水造冰道用冰床托运而来；青砖是在巴彦吉如等地烧制；基石是在杜尔基苏木吉日格勒乌拉打造；屋瓦是代钦塔拉苏木互日营子烧制。

（三）公主陵

在高力板镇东南有一公主陵，传说埋着固伦永安长公主的一只鞋，即公主的衣冠冢。公主陵由陵园和陵庙两座建筑物组成，院墙全是砖砌琉璃瓦帽。正殿的陵堂和东西厢房全是砖瓦结构的拱顶式古建筑。后院有一格格陵，为普通的砖瓦结构起脊房。东南侧有一座小庙。固伦永安长公主为孝端文皇后之女，1645 年嫁给图什业图旗巴雅斯古朗亲王。公主在科尔沁草原上生活了 40 多年，享年 59 岁，随公主而来的还有若干名侍男仆女和能工巧匠。当时王爷还住在蒙古包，而公主则习惯了建筑式房屋，因此公主的到来也为本地的建筑发展作出了贡献。传说中，这位公主吃水只吃北京水，因此有匹专门运水的白龙马，一晚上去北京拉水一趟。后来白龙马生病死了没多久，公主也去世了。

（四）黑大庙

当地人称旗政府所在地巴彦呼舒镇为"大庙"，即指旗里的遐福寺，又称"黑大庙"。当年乃济陀音活佛不远万里来到科右中旗，将此地作为传教中心。经过多年努力，佛教彻底取代了当地萨满教的宗教信仰控制权。当时，科尔沁十旗王公都接受乃济陀音灌顶戒教，并志愿共同筹资在十旗会盟所在地巴彦胡硕兴建遐福寺，且称之为"十旗之寺"。"黑大庙"也称"黑帝庙"，是6座庙宇的统称，以巴彦胡硕镇的遐福寺为主庙，还有阐教寺、广福寺、慈福寺和双福寺5座寺庙，占地约5平方公里。6座寺庙建筑风格多样，有汉族古典式、藏式、蒙藏混合式等，其中以遐福寺规模最为庞大，气势最为宏伟。关于遐福寺的建造还有一段传说。

当年清王朝为了得到蒙古部落的拥戴，投入很多的财力物力来建设寺庙。工程快要竣工时剩下最后一道工序——扣瓦。扣瓦是从屋檐两头往中间扣，那种瓦用白灰、黏土等烧制而成，虽然之前建筑设计的应该是正好能扣上，但最后工匠们扣了一天都没成功，而且当天快要下雨。施工的瓦工一看不行，就说干脆歇工吧，等第二天再干。结果第二天起了漫天大雾，连续三天啥也看不见。工头就感觉不对劲，开始祭拜北边的兴安岭。结果等到三天雾清后，工匠们发现瓦已经扣上，而且严丝合缝，黑大庙就因这三天的黑大雾而得名。

每年正月初一至初五，各寺庙要举行年初古如莫法会，祝愿新的一年万事如意、风调雨顺。会后，要举行送"祟"仪式，以除妖魔鬼怪和灾难；初三至十五，遐福寺举行规模较大的佛事法会，跳大型"查玛"舞，同时还举行传统的那达慕大会；四月初六至初八，各寺庙举行嘛呢法会，纪念佛祖释迦牟尼圣诞日。此外还举行不吃斋茶的法会，为人畜平安祈祷；六月，举行义鲁格勒法会；七月，举行诵读《丹珠尔》和《达拉勒格》法会，祝福旗民五谷丰登、六畜兴旺；八月，举行诵读《丹珠尔》法会；九月，举行诵读《祝福经》法会；十月二十五，纪念宗喀巴诞辰和圆寂，举行千盏佛灯法会；十一月冬至日，举行泥劳格法会；十二月末，举行年终诵读法会。

（五）萨满教

据本地蒙古族人讲，蒙古族刚开始信的是萨满教，分黑萨满教和白萨满教，前者信鬼神，后者信神仙。后来萨满教逐渐被佛教替代，但现在一些偏远落后地区还有萨满教。萨满教也给人治病，有专门的世代相传的衣服，有专门供奉的精灵，还有专门用桃木或铁做的道具，包在干净的布或绸缎里。萨满开始祭拜时，要把道具放置于高处，之后道具能跳起来驱赶病人身上的邪恶东西。

过去，以浩博勒岱"博"[①]为首的萨满教徒们占据各个深山山洞修身养性，浩博勒岱占据蒙格罕山的仙人洞，他遥控全科尔沁地区的萨满教徒。浩博勒岱手下法力较高，比较有身份的教徒，在吐列毛杜地区的深山洞穴里修身养性，成为科尔沁地区萨满教活动的主要基地。16 世纪中叶，西藏班禅的弟子乃济陀音东行来科尔沁地区传教，触动了本地的萨满教，从此开始了萨满教与佛教的长期斗争，结

---

① "博"系男萨满教徒的称呼。

果以萨满教败北告终，佛教最终成为这里人们的信仰支柱。这样，萨满教与佛教斗争的种种传说故事也在民间流传下来。

当年浩博勒岱稳坐在蒙格罕山的仙人洞里与乃济陀音斗法，双方鏖战数日都无结果。乃济陀音慢慢发现，浩博勒岱的法力之所以不见衰竭，是因为浩博勒岱坐在洞穴里，阳光难以照耀，可不断补充黑暗世界的法力。于是乃济陀音取出强有力的法器，将浩博勒岱"博"藏身的仙人洞顶部削去。天崩地裂的一声巨响后，仙人洞的山顶飞到几十里远的大甸上，落下后形成一座小孤山，后人称之为前德门山①。据说有人专门测量过仙人洞上的平坦地，它四至八方的形状面积与前德门山的底部形状面积有相似之处。

这样一来，浩博勒岱"博"在仙人洞里待不下去了，便与妻子阿伯商量对策。阿伯建议用"声东击西"的办法逃遁。于是浩博勒岱"博"将身上携带的所有法器宝物用"甘旗卡"拴在马鞍上，骑马向南方逃去，乃济陀音发现后也策马急追。追到现今科左后旗甘旗卡的地方，乃济陀音终于追上了浩博勒岱，于是用法器向浩博勒岱打去。结果稍微偏了点，只将浩博勒岱马鞍上用稍皮拴住的法器宝物打了个满地都是，后来此地便命名为"甘旗卡"，蒙语意为"马鞍上的鞘皮"。浩博勒岱一看，将乃济陀音引开让自己老婆逃跑的目的已经达到，就顾不上再与乃济陀音斗法，掉转马头向北寻妻而去。途中又被乃济陀音追上接连打下了马鞍上的左镫子、右镫子、马鞍子的左侧皮带和右侧皮带。后来这些地方便以这些物品名称命名。马鞍子的左镫

---

① 今巴彦胡硕南烈士塔山。

子掉落的地方为准杜尔基，右镫子掉落的地方为巴仁杜尔基，杜尔即是马镫子的谐音。马鞍子的左侧皮带掉落的地方叫准哲里木，右侧皮带掉落的地方叫巴仁哲里木，"哲里木"的蒙语意思是"马鞍肚带与连接马鞍的皮带"。这样失去肚带的空鞍子便一无用处，浩博勒岱只好将其抛弃，抛落的地方后来叫做阿拉坦莫勒图，而剩下的鞍垫也在急行中掉落，掉落之地被命名为桃合木。正在浩博勒岱被追打得无处可逃之际，漫天起了大雾。浩博勒岱正好趁夜幕降临得以逃脱，不久便找到妻子并隐居在现在哈日诺尔地区的额吉山和阿布山，蒙语意为老母山和老父山。人们说，在吐列毛杜一带以前萨满教活动的各个洞穴附近，都建有一处佛教徒进行佛事活动的小庙，这便是当时萨满教与佛教斗争的遗迹。按老百姓的说法，修庙是为了镇压萨满教作为活动基地的洞穴的风水。

虽然当时两种宗教势同水火，但后来也开始相互融合，如萨满教内部有一部分教徒，皈依佛教而分别形成了白道的萨满教徒，以"博"的称呼继续进行萨满教活动；又如男性萨满教徒称"博"继续进行跳大神等萨满活动，女性萨满教徒称"伊都干"，专门从事给妇女接生、给病人针灸拔罐、放血、按摩等医疗活动。

（六）朱日河敖拉

科右中旗境内有一条内蒙古省际大通道，在大通道的旁边有座山，当地人称"朱日河敖拉"[①]。据说该山的位置正处于科右中旗的心脏地带，且形似心脏。早年间，科左

---

① 蒙古语，意为"心脏山"。

中旗的王爷与科右中旗的王爷打赌，如果科右中旗的王爷赌输了，就要写个契约，把"朱日河敖拉"输给科左中旗的王爷，最后打赌结果是科右中旗王爷输了。当时科右中旗的王爷也没当回事，就给写了契约。但自从这次打赌之后，科右中旗的气候越来越差，牛羊也越来越少，读书的没有能考中举人的，做官的也没有能得到提拔的。三年以后科右中旗的王爷找了个道行很高的风水先生，向其询问科右中旗衰败的原因。风水先生左算右算之后告诉王爷，"你的心丢了"。王爷细问，"我咋就心没了"？风水先生问，"是不是你有个心脏山别人在上边盖房子了，或者不属于科右中旗了，或者输给别人了"？王爷一想就是，拜服于风水先生的神机妙算。风水先生说，"必须去科左中旗用重金把心脏山赎回来，之后才能风调雨顺，五谷丰登"。王爷于是拿着重金和各种金银财宝去见科左中旗的王爷，说，"这山对你来说也没啥用，地契你就给我吧"。科左中旗的王爷一看礼物很重，这山对自己也确实没用，于是就将地契还给了科右中旗的王爷。从此以后，科右中旗才走出了那段"背运期"。因此，本地人把"朱日河敖拉"视为本旗的圣地，现在旗里有重大活动还都要到那里祭拜。

第二章　政治

第一节　机构设置

一　党支部

1984 年全科右中旗进行体制改革，国光嘎查成为高力板镇的一个行政村，原生产大队党支部改为嘎查党支部。据嘎查支书介绍，改革开放前嘎查党支部的主要任务是不断发展壮大党的队伍，巩固与发展党的组织。2007 年调查（见表 2－1～表 2－3）之时，国光嘎查党组织机构为党总支委员会，党总支下设嘎查党支部和专业合作社党支部两个党支部，共有党员 20 人①。党员发展的重点对象是生产工作中涌现的积极分子，党支部的主要工作是密切同群众联系，提高党员的政治思想觉悟，使其成为生产和工作中的带头人。

20 世纪 90 年代后，国光嘎查党支部实施目标管理，全方位深化党建活动内容，选派村里的优秀党员干部参加镇

---

① 2009 年课题组再次补充调查之时，恰逢新一届嘎查支书换届选举结束，以前的嘎查达曹秀成当选为新一届嘎查支书，新一届的嘎查达委员会尚未产生，由曹秀成临时兼任。

党委组织的党员干部培训班，领会党的农村政策，掌握有关党史、党建知识，学习农牧业适用技术等有利于本嘎查发展的各项内容，不断增强党支部的凝聚力与战斗力，发挥党员带头致富和带领致富的表率作用。

2004 年，国光嘎查党支部被中共高力板镇委员会评为先进党支部，嘎查党支部书记于长友被中共高力板镇委员会评为优秀党务工作者。同年，国光嘎查被高力板镇政府评为"综合评比先进集体"，嘎查党支部书记于长友被高力板镇政府评为先进个人。2005 年嘎查党支部书记、专业合作社主任于长友荣获"兴安盟劳动模范"、"内蒙古自治区劳动模范"、"全国劳动模范"，并荣获"全国五一劳动奖章"。截至 2006 年，国光嘎查有 90% 的党员率先达到"小康示范户"标准，20% 的相对贫困党员成为脱贫致富的典范。

在调查（见表 2－4）中了解到，国光嘎查团支部的建设目前处于停滞状态，主要原因是改革开放后，土地家庭承包，村民们努力劳作提高自己的生产生活水平，对于以前积极靠近组织存在的利益关系不再强烈，对团的工作认识不足，致使团组织工作停滞。

表 2－1　2007 年国光嘎查党总支部机构及成员一览

职　　务	姓　名	性别	政治面貌	文化程度	主要工作
书　　记	于长友	男	中共党员	中专	负责嘎查党建工作和精神文明建设
组织委员	徐则利	男	中共党员	初中	负责党的组织工作
宣传委员	张　贵	男	中共党员	初中	负责宣传工作
纪检委员	闫树春	男	中共党员	高中	纪律检查、监督工作
纪检委员	商殿臣	男	中共党员	高中	纪律检查、监督工作

资料来源：根据课题组问卷调查资料统计。

表 2 - 2 2007 年国光嘎查专业合作社党支部及成员一览

职 务	姓 名	性 别	政治面貌	文化程度	主要工作
书 记	徐则利	男	中共党员	初中	党建工作
组织委员	刘英武	男	中共党员	初中	组织工作
宣传委员	白长林	男	中共党员	高中	宣传工作

资料来源：根据课题组问卷调查资料统计。

表 2 - 3 2007 年国光嘎查党支部机构及成员一览

职 务	姓 名	性 别	政治面貌	文化程度	主要工作
书 记	曹秀成	男	中共党员	初中	党建工作
组织委员	商殿臣	男	中共党员	高中	组织工作
宣传委员	赵秀艳	女	中共党员	初中	宣传工作

资料来源：根据课题组问卷调查资料统计。

表 2 - 4 2007 年国光嘎查团支部机构及成员一览

职 务	姓 名	性 别	政治面貌	文化程度	主要工作
书 记	徐则利	男	中共党员	初中	组织建设工作
组织委员	刘英武	男	中共党员	高中	组织工作
宣传委员	王 武	男	中共党员	高中	宣传工作

资料来源：根据课题组问卷调查资料统计。

二 嘎查委员会

嘎查委员会由广大村民投票选出，嘎查委员会的成员来源于村民、服务于村民，委员会成员由嘎查主任、治保主任、工会主席、妇联主任组成，各司其职、各负其责（见表 2 - 5）。

表 2-5　2007 年国光嘎查委员会组织机构及成员一览

职　务	姓　名	性　别	政治面貌	文化程度	主要工作
嘎查达	曹秀成	男	中共党员	初中	嘎查日常工作
治保主任	张　贵	男	中共党员	初中	嘎查日常治安工作
工会主席	闫树春	男	中共党员	高中	嘎查财务、报表、统计工作
妇联主任	赵秀艳	女	中共党员	初中	计划生育、女性卫生健康

资料来源：根据课题组问卷调查资料统计。

就嘎查党支部和嘎查委员会的实际权力关系而言，当过 3 届嘎查达、3 届嘎查支书的于长友告诉访谈人员，在他看来，形象点说嘎查支书是大王，嘎查达是小王。但嘎查达是法人代表，这样嘎查支书就容易被架空。前几年嘎查达权力较大，近两年嘎查支书权力开始大了。比如，现在是先召开党支部会议，之后由委员会执行，关系较为合理。于长友觉得理想的状态是党支部处于核心，把握大方向，而嘎查委员会做具体的工作。在嘎查达曹秀成看来，嘎查委员会承担了各项具体工作，曹秀成说："他①的好多事全都是我做的。"在嘎查居民眼中，"嘎查党支部与嘎查委员会是一个人，支书是大脑，嘎查达是手脚"。因此好多时候，村民认为村里的集体事务也是由嘎查支书与嘎查达共同合作完成。换句话说，国光嘎查在实际工作中，党支部发挥着战斗堡垒作用，嘎查委员会主持各项工作，二者相互配合，共同推进村务工作的开展。从实际的选举权运作来看，2009 年的新一届嘎查支书选举是公推直选，先在嘎查党员里确定 3 个候选人，然后由村民直接选举。18 周岁以上村民都有权选举，一家去不了的可以委托村委会投票，

---

① 指嘎查支书。

最后曹秀成以满票当选为新一届嘎查党支部书记。

三　干部待遇

农业社时期，嘎查干部待遇是每人 5～6 亩地。1994 年后，每人每年 2000 元工资。2006 年农业税取消后，嘎查干部工资涨到每人每年 3000 元，属国家财政的转移支付。现在嘎查委员会的主要收入，一是嘎查委员会招商引资引进来的红石经贸有限公司使用嘎查土地，每年付给嘎查 2 万元土地使用费，二是镇里每年给嘎查 2 万元的补贴。以前嘎查还有 1000 多亩集体地，自 1998 年洪灾后，这些集体地也都分给了各家受灾农户。嘎查委员会的主要支出，一是干部工资，二是给村民统一缴合作医疗费用，三是村集体事务的开支。新任书记感觉嘎查的集体收入太少，"啥用不顶，连招待费也不够"。

第二节　工作开展

一　村民大会

为进一步扩大基层民主，加大村民公开监督力度，完善嘎查委员会会务公开等各项制度，保证村民们直接行使民主权利，国光嘎查委员会每年召开两次村民大会。第一次在年初召开，重点是安排上半年度嘎查委员会工作，听取各方意见和建议。村民大会参加者主要有嘎查委员会成员和村民代表。第二次一般是在 7 月初挂锄后，在大会上，嘎查达向村民代表们汇报上半年工作、财务收支情况和下半年发展思路，倾听村民代表提出的问题及合理化建议。嘎查

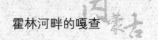

达要在广泛征求意见的基础上,结合实际,确定下半年要为村民办的实事,研究制定具体的落实措施,向村民公开做出承诺,并在会议结束后,将会议决策的事项及落实的措施、承诺和财务收支情况向村民公开,便于民主监督。

二 帮困致富

(一) 制定工作制度

国光嘎查党支部对帮助贫困党员致富做出了制度规定,整理摘录如下:

> 对贫困党员每月进行一次思想教育引导,令其摒弃不思进取的陈旧观念,帮助他们增强自力更生、依靠科技战胜贫困的信心和勇气,通过自身努力实现致富奔小康;积极开展生产、生活援救活动,从嘎查机动耕地中留出一部分给困难党员生产自用,尽量增加他们的农业收入;动员和组织相关单位无息或低息贷款给贫困党员,帮助他们落实种植、养殖、农副产品加工等投资少、见效快、风险小的生产项目和一些社会服务项目;定期对贫困党员进行技术培训,增强贫困党员自身造血功能。

据嘎查支书介绍,2000 年时,嘎查党员平均年龄为 51.7 岁,2007 年下降为 40.1 岁,这样,年轻党员进入组织后,能帮助年老体弱的贫困党员播种收割。除了嘎查内部的互帮,2004 年旗组织部还将扶贫羊分给白长林、曹德等 4 家贫困党员,现在白长林日子越过越好。新任支书认为,这主要是白长林自己农业经营得好。

国光嘎查党支部对服务群众、联系群众的工作制度也做出了规定，整理摘录如下：

> 每个党员帮扶两个困难户，建立党员活动手册；主动与"联户"联系，从关心、体贴群众入手，从政策宣传着眼，为群众做好事，解决他们生产、生活中最迫切的难题；做好走访记录，不仅要详细记录走访的日期及了解到的情况，还要记录"联户"所反馈的问题，以及党员在此次走访中宣传并与之沟通的内容；总结归纳困难户的相同问题并予以及时解决；有条件的党员要承诺每年为群众办一两件实事，使他们尽快脱离贫困；每月召开一次党员会议，共同讨论存在的问题，协商解决办法和相关措施。

(二) 规定工作内容

国光嘎查党支部对服务群众、联系群众的工作内容也作了相应的规定，整理摘录如下：

> 党员个人带头并组织所联系的富裕农户与贫困农户结对帮扶，力所能及地解决困难户日常生活困难，鼓励和引导他们转变思想观念，通过自力更生逐步脱贫致富；党员要参加上级组织的支农行动和社会公益事业活动，积极发挥模范带头作用；了解、掌握和提供市场信息与农副产品行情，联系致富项目，帮助所联系的群众搞好生产和销售，有条件的党员还要组织所联系的农户开展技能培训和劳务输出，带头组织群众参加经济合作组织和专业协会，拓宽农牧民群众的

致富渠道；对侵害农牧民合法权益的行为，如涉及土地草场、卖粮卖畜，购买化肥、农药、种子、地膜、农机等侵害农牧民群众利益的行为，支持或代群众进行投诉，维护农牧民群众的合法权益；积极主动调解村民之间的纠纷，及时化解矛盾，力争做到小事不出点、大事不出屯，尽力防止民转刑（民事纠纷转化为刑事案件）案件的发生，维护村屯稳定，努力创造文明和谐的农村生活环境；党员对所联系服务的农户，因年老体弱、行动不便等原因急需解决的有关事项，实行事务代理。

据于长友介绍，到 2005 年，嘎查每名党员帮扶 5 个贫困户，帮扶内容包括春天种地、购买籽种化肥和秋天的收获，这样的结对帮扶使嘎查里的风气也正了，人心也稳了，也使国光嘎查从 2000 年以前闻名的上访告状村进步为全旗数一数二的先进村。

在这方面，原来的嘎查达，现在的嘎查支书曹秀成就一直帮助村民赵永。赵永与曹秀成是小学同学，从 2006 年开始，赵永常找曹秀成借钱，金额最多时 2 万元，最少时 3 千元，用于种地、做买卖、收羊绒和羊毛。赵永还钱及时，现在日子也过得比较好，还买了车。在曹秀成看来，自己是谁家有困难都帮，即使是有精神病的孙家，2008 年底还给了 400 元钱帮其过年。当然这种帮扶并不是全都成功，也有失败的。比如村民王某，从 2001 年开始曹秀成就帮其种地、购买籽种化肥等。但因为王某自己不争气，日子仍旧没有好起来，到后来媳妇也跑了，按曹秀成的话说就是"不识帮"。此外，前嘎查支书于长友也称自己每年都拿出

1 万 ~ 2 万元借给村民。

此外，国光嘎查党支部还明确了服务村民的具体措施（见表 2 - 6），即党支部书记服务 5 户村民，支部委员每人服务 3 户村民，普通党员每人服务 1 户村民。

表 2 - 6　国光嘎查党员服务村民一览

姓　名	职　务	服务对象
于长友	书　记	车玉双、王祥云、杜国军、刘兴全、冯宪忠
徐则利	委　员	张福忠、赵树印、孙立国
闫树春	委　员	孙克、张贵、张有才
孙爱国	委　员	王庆堂、李升全、王志军
白长林	委　员	王海波、王海森、张振国
曹　德	普通党员	孙洪武
赵维国	普通党员	王立武
刘振华	普通党员	何兴柱
李继承	普通党员	其其格
刘振海	普通党员	武玉芝
王树发	普通党员	曹胡全
何兴柱	普通党员	林才
安德才	普通党员	王文建
徐树生	普通党员	杜光辉
赵树印	普通党员	张友

资料来源：根据课题组问卷调查资料统计。

三　发展生产

（一）　建立种植、养殖科技示范园区

国光嘎查在旗政府的支持下，于 2005 年自筹资金建立了种植、养殖科技示范园区（见图 2 - 1）。该园区占地面积

100 多亩，有地井 5 眼，种植玉米、高粱、大豆、牧草、油葵等 30 多个品种，此外还有无声鸭、野山鸡等禽类。园区建成以来，吸引了周边大批农牧民前来参观学习，一些农牧民把优质高产的品种带回去种植，取得了非常好的效果，如"松辽一号"亩产达 1800 斤，比普通玉米亩产高出 400 斤。园区不仅辐射带动周边地区 5000 多亩优质新品种，还聘请农业技术人员对农牧民进行现场培训。

图 2 - 1　科技示范园区（摄于 2008 年 5 月 1 日）

此外，在高力板镇党委、镇政府的多次联系下，国光嘎查争取到辽宁省锦州市义县粮库投资 300 万元，建起了杂粮、杂豆、玉米烘干包装公司，建设了日烘干玉米 150 吨的烘干塔一处。该公司的成立，能消化高力板镇及周边十几个苏木镇生产的杂粮、杂豆，仅玉米一项每公斤实现加工增值 0.2 元，全镇农民增收 800 万元。通过园区的引导与示范，国光嘎查促进了农业结构调整，提高了农业整体效益，增加了农民收入，推动了传统农业的改造与升级。国光嘎查领导认为，实践证明，兴办专业合作社是促进农业结构调整及推进农业产业化经营的新路子，是农业增效、农民增收的增长点和新亮点，具有推广价值。

2007 年 6 月，国光嘎查注册了"土种鸡"商标。2007年，科技园区的首个品牌"草原小笨鸡"破壳而出。国光嘎查土地肥沃、水源充沛、空气清新、水质洁净，是发展绿色和有机食品的天然宝地。在保证农活的前提下，一户农牧民可饲养 100 ~ 200 只土种鸡，每只鸡 季始养，至秋季可售价 20 元，200 只便可创收 4000 元。国光嘎查农业基地饲养的土种鸡口味醇正、肉质芳香、闻名远近。

（二）成立种养殖合作社

国光嘎查档案资料显示，1999 年科右中旗供销联社进驻国光嘎查扶贫，当时全嘎查 248 户、1077 人中，贫困户70 户共 358 人，年人均收入 600 元、人均粮食生产 150 公斤。2000 年，科右中旗供销联社发挥自身优势，成立国光嘎查种养殖合作社（协会）（见图 2 - 2），把扶贫工作与推进农业生产相结合，为嘎查农牧民脱贫致富奠定了基础。从 2001 年下半年开始，嘎查委员会进行宣传动员，以资本联合、劳动联合、科技联合、销售联合为基础，以坚持农牧民自愿平等的原则、坚持合作互利的原则、坚持民办民管民享的原则，为适应农牧业生产产业化、商品化、市场化的需要，组织嘎查专业户、农牧民、经纪人，由嘎查干部牵头，围绕嘎查优势产业，以当地供销社为依托，创办种养殖专业合作社。2002 年 6 月 18 日正式挂牌成立"国光嘎查种养殖合作社（协会）"。合作社由高力板镇供销社、

26 户养殖户和 25 户塑料蔬菜大棚户共同兴办，入股 21 只绒山羊，现金 1900 元，高力板镇供销社注入 7000 元扶持资金。2002 年 6 月 17 日，合作社召开第一次社员大会，投票选出第一届理事会 7 人、监事会 3 人，合作社有专门领导小组，包括社长和副社长。合作社社长为安德财（供销社主任），副社长有于长友（国光嘎查支部书记）、曹秀成（国光嘎查达）、张贵（国光副嘎查达）、商殿成（嘎查会计）、徐则立（国光嘎查支部组织委员）和闫立艳。社员代表由 15 个治保小组组长兼任，具体人员有杨贵臣、范传文、王春贵、黄久志、张井林、林双花、伞广才、袁贵一、陈发、孙树国、徐树生、刘文宏、姚臣、梁久德和孙树全。协会的名誉理事长为傲础鲁（镇党委书记）、白龙（旗土地局长）和李强（旗供销联社主任），理事会长为于长友（嘎查党支部书记），副会长为曹秀成（嘎查达），秘书为商殿臣（嘎查秘书）。大会讨论通过了专业合作社章程和各项规章制度，将专业合作社的发展纳入依法办社、规范运行的轨道。专业合作社社员一方面在自己的承包土地上劳动，一

图 2－2　种养殖合作社（摄于 2008 年 5 月 1 日）

方面出资入股成为股东，集生产者和股东于一身。

根据嘎查委员会提供的资料：

> 在自愿平等、合作互利、民办、民管、民享的原则及适应农牧业生产产业化、商品化、市场化的要求之下，国光嘎查进一步引导和组织专业户和农牧民经纪人，将种养殖合作社（协会）服务内容不断增加，将服务辐射面不断扩大。科右中旗供销联社对种养殖合作社（协会）进行了全方位指导、协调、服务、管理及规范。专业合作社成立以来，坚持以发展为主题、以农业结构调整为主线、以改革开放和科技进步为动力、以增加农牧民收入和提高社员生活水平为根本目的，立足于农业经济，服务于农牧民生产、生活，谋富民之策、办利民之事，使全村年人均收入稳步提高——2002 年为 1570 元，2003 年为 3000 元，2004 年为 3200 元，跃居高力板首位。

（三）成功经验

国光嘎查委员会对创办专业合作社的成功经验进行了概括总结，课题组根据嘎查委员会提供的材料，概括选录如下：

> 第一，专业合作社的创办，是农村农业发展的必然趋势，既实现了节约成本，又实现了优化资源配置，为农业生产率的不断提高提供了广阔空间。农牧民中的专业生产者是先进生产力的代表。他们在观念和实践两方面均实现了由封闭式经济向外向型经济的转化。他们是拥有创新理念、经营意识、利润观念的商品生

产者。国光嘎查 26 户养殖户、25 户蔬菜户自 2004 年起，户年均收入逾万元，最高达 5 万余元，成为勤劳致富奔小康的领头雁。

第二，专业合作社的创办，是提高农牧民组织化程度、克服分散状况、提升集约化程度的最佳选择。以往春耕季节，全村依靠借贷 20 余万元才能保证生产所需。专业合作社建立后，靠社员蔬菜、羊绒等销售收入，互助调节资金金额达 42 万元，实现了社员之间、合作社与社员之间的联心、联力、联利，把农牧民手中的零散资金集中起来办大事，为实现共同利益迈进了一大步。

第三，专业合作社的创办，有力地推进了农业结构调整和产业化经营。根据科右中旗总体发展战略，国光嘎查按照市场需求对农业产业结构进行了战略性调整，由过去的自发性、适应性农业经济，转变形成了粮食、畜牧业、蔬菜和经济作物规模经营、协调发展、产业化经营的格局。种植业每年种植玉米 2000 亩，全部集中连片实现水浇灌溉，以保证粮食安全；建设经济作物基地 2000 亩；发展庭院蔬菜养殖基地 25 户。畜牧业以 26 家养殖户为龙头，大小牲畜总数发展到 3223 头（只）；对养羊 30 只以上的农户，每户解决 30 亩饲料地，30 只以下，每户解决 15 亩饲料地；建立了 2 处秸秆粉碎厂，以保障专业户禁牧舍饲育肥的需求。

第四，专业合作社的创办，提升了农牧民在商品市场中的地位。通过合作社这一形式，农牧民可以更多、更准确地了解市场行情，做到心中有数，增强了抵御自然灾害和市场风险的能力。专业合作社成立以来，以当地供销社为依托，实行"靠强联大促发展"
战略，从通辽、吉林通榆、湖南长沙、安徽光明等地
引进农产品收购商，增加了农民收入。2004 年 6 月，
合作社领导组建本村龙头企业"弘时粮油责任公司"，
对全村农牧民生产的大宗农副产品实行统一产品质量、
统一集中收购、统一价格销售。专业合作社于 2004 年
起，形成了"党支部 + 龙头企业 + 专业合作社 + 农户"
四位一体的新型产、供、销一条龙经营格局。2003 ～
2004 年两年中，共统一销售玉米 260 万公斤，绿豆、
黑瓜籽等 410 万公斤，销售总额 800 万元，把全村农牧
民同区内外市场相对接，降低了交易成本和流通费用，
改变了分散农户在市场竞争中的弱势地位，有效延长
了农村经济链条，增加了农牧民收入。合作社积极发
展农牧民经纪人队伍建设，发展农副产品经销、运输
等各类经纪人 10 余户，充分发挥他们在农村商品流通
中的作用。合作社对 25 户蔬菜专业户实行"统一种
植、统一技术指导、统一产品质量、统一配送产品、
统一价格、统一摊点"，使得反季节蔬菜销售拓展到毗
邻的 6 个苏木镇。

　　第五，专业合作社把生产、加工、流通各个环节
的利润以"惠顾返还"和"交易让利"的形式返还给
农牧民，最大限度地保障了农牧民的利益。2003 ～ 2004
年两年间，合作社统一购进化肥 72 吨、玉米种子 5000
公斤、葵花种子 1200 公斤、四轮拖拉机 33 台，均以优
惠价提供给社员，共节约生产性资金 29.1 万元。在农
副产品统一销售中，2002 年返利 14.7 万元，2003 年返
利 18.9 万元，2004 年仅通过自己的龙头企业就为社员

返利 15 万元。这样，在生产、交易环节，户均增加收入 4019 元。

第六，专业合作社增加了农牧业的科技含量，提高了农牧民的整体素质。专业合作社聘请兽医师 1 名、农医师 1 名，为全村养畜和种田提供科技指导，开展治病防病服务。合作社举办农牧业适用技术培训，引进、推广新品种、新技术、新肥和新药。2002 年，合作社引进种植 400 亩青仁乌豆，亩产 200 公斤，比大田豆每亩增加收入 284 元。2003 年玉米亩产突破 500 公斤，全村玉米增加收入 16 万元。此外，合作社瞄准市场，用"订单"形式引种黑瓜籽、大明绿豆和葵花籽等优质经济作物。2002 年，仅经济作物一项人均创收 1172 元，2003 年增加到 1751 元，2004 年增加到 3200 元，较之专业合作社组建初期，人均纯增收 2028 元。

第七，专业合作社坚持退耕还林，改善生态环境。2002 年合作社植树造林 3568 亩，2003 年治理沙地 4500 亩、植树造林 1300 亩。现在，合作社栽种的柳树已成为编制原料基地，并为农副产品加工和剩余劳动力转移提供机会。

第八，专业合作社的创办，拓展并完善了农村统分结合、双层经营体制。专业合作社有效解决了农牧民在农资供应、农产品销售等方面存在的买难卖难问题；解决了小农经济与社会化大市场的矛盾；解决了农牧民经营规模小、产品不对路、生产力得不到提高的困难；解决了农民增产不增收的难题。农牧民在专业合作社中得到了技术培训和文化教育，提高了科学文化素质，促进了嘎查农业生产力的提高。

四　村民打工

于长友称自己 1982 年去黑树林放牛属嘎查里外出打工的第一家，此后 1996 年国光屯的陈玉琢因外地有亲戚，也开始外出打工。现在嘎查常年外出打工的有 18 户，土地大都承包给亲属种，每亩地每年承包费 80～90 元。此外，本地村民每年 5 个月种地，余下的 7 个月在本地打工。2005 年，国光嘎查全年劳务输出 275 人，实现收入 270 万元左右，村民打工劳务输出取得初步成效。此外，嘎查专门成立了农民工工会（见图 2－3），为打工农民保驾护航，其工作重点是工资和安全保障。访谈人员问及有无具体事例，于长友称因为现在打工主要是在本地企业，而本地企业又很少拖欠工资，所以农民工工会的作用发挥不是很大。

图 2－3　嘎查工会（摄于 2008 年 5 月 1 日）

通过对 100 户村民的调查（见表 2－7～表 2－8）显示：嘎查外出打工的人数较少、占总人口数比例较小；接受调查的村民，大部分对外出打工的热情不高，不是很积极。

表 2 – 7　国光嘎查 100 户村民外出打工调查统计

调查内容 ＼ 调查结果	村民选项统计
没有打过工	55
出去过 1 次	16
出去 4 次以内	23
经常出去	6

资料来源：根据课题组问卷调查资料统计。

表 2 – 8　国光嘎查 100 户村民外出打工态度调查统计

调查内容 ＼ 调查结果	村民选项统计
积极外出打工	18
一般情况不外出打工	55
绝对不外出打工	23
说不清楚	4

资料来源：根据课题组问卷调查资料统计。

对"外出打工满意度"的调查，人们普遍认为外出打工工作辛苦、生活水平较低、受当地人歧视、生活不方便、工资收入太低、不利于子女教育（见表 2 – 9）。人们普遍认同外出打工可以增加家庭收入、锻炼能力、增长见识（见表 2 – 10）。

表 2 – 9　国光嘎查 100 户村民在外打工满意度
调查统计（可多选）

调查结果 ＼ 调查内容	工作辛苦	生活水平较低	受当地人歧视	生活不方便	工资收入太低	不利于子女教育
村民选项统计	85	90	92	97	84	100

资料来源：根据课题组问卷调查资料统计。

表 2 – 10　国光嘎查 100 户村民在外打工益处
调查统计（可多选）

调查内容　　　　调查结果	村民选项统计
增加收入	100
锻炼能力	50
增长见识	63
利于子女教育	2
说不清	0

资料来源：根据课题组问卷调查资料统计。

村民外出打工的地点主要集中在兴安盟盟内城市，到盟外城市的还比较少（见表 2 – 11）。

表 2 – 11　国光嘎查 100 户村民外出打工地点调查统计

调查内容　　　　调查结果	村民选项统计
附近村镇	20
盟内城市	60
盟外城市	20

资料来源：根据课题组问卷调查资料统计。

五　社会治安

近几年，国光嘎查以全面建设小康社会为目标，以加强农村基层领导班子、提高党员干部队伍素质为重点，以密切党同人民群众的联系为核心，深入实施了素质工程、民心工程、富民工程等项目。国光嘎查党支部达到"五个好"标准（见图 2 – 4），90% 的嘎查干部家庭率先达到"小康示范户"标准，20% 的相对贫困党员成为脱贫致富的典范。嘎查成立了以党支部书记为组长的村级村民自治工作领导小组，责任

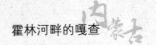
到人，分工明确，保证了村民自治工作的开展。

图2-4　五好党支部（摄于2008年5月1日）

（一）嘎查制度建设

国光嘎查不断完善"一事一议"制度，提高广大村民的参与意识。嘎查加强民主管理，建立、健全各项规章制度，完善村规民约，做到人人遵纪守法、人人参与新农村建设，共同建设、管理自己的家园。国光嘎查落实村务公开制度，为充分发扬民主精神、进行民主管理、实现民主决策、完善民主监督，嘎查设立事务公开栏（见图2-5），对村级土地、林业、宅基地审批，对计划生育等内容实行月公开制，做到了村重大事项让农牧民知情。嘎查村级财务工作透明、公开，严格管理村级财务，大力实施开源节流，几年内偿还历史性债务20余万元，节约招待费等开支2.7万余元。

国光嘎查经常开展法律法规"三进家"活动，即："法律条文送到家"，嘎查委员会通过多种渠道把群众应掌握的法律知识宣传到每一户农牧民家中；"学法用法抓到家"，指导农牧民积极投身法律实践，切实提高农牧民的法律意

图 2 – 5　村务公开栏（摄于 2008 年 5 月 1 日）

识和依法办事的能力；"守法责任定到家"，完善村规民约，提高农牧民自我约束能力。

近年来，嘎查社会治安工作良好，农牧民安居乐业。为保证嘎查治安，全村共有联防队员 30 名，并制定了《村民治安公约》。《村民治安公约》规定：

> 维护社会治安，做好家庭成员的思想道德和遵纪守法教育，不违法乱纪，不包庇坏人坏事，敢于同坏人坏事作斗争；不私造、窝藏、携带各种枪支弹药和管制刀具，家中不存放火药、炸药、雷管等易燃易爆物品；白天家中无人照管，必须把门、窗上锁插牢，并与治安室沟通情况或委托左邻右舍帮助看护关照；严禁赌博、宣传淫秽书刊或音像制品，严禁吸毒、贩毒和卖淫嫖娼活动，根据情节轻重从严处罚，依法追究刑事责任；严禁搞封建迷信活动，不准参加非法宗教组织，对以封建迷信手段骗财害人的不法分子，要

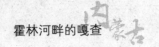

坚决打击处理；坚持来人来客登记制度，外来人留宿过夜，必须向治安室登记；人人都要树立高度的警惕思想，增强自防自治能力，克服麻痹思想，切实做到时刻防火、日夜防盗；村民讲文明礼貌，家庭和睦，邻里团结，尊老爱幼，助人为乐①。

（二）治安秩序维持途径

对于各类纠纷和矛盾，嘎查有调解委员会进行协调解决，对于各类危害社会稳定和秩序的事件，嘎查有治保委员会协助高力板镇派出所解决。就"嘎查治安秩序维持的主要途径"这一问题，100 户村民的回答结果如表 2 – 12所示。

表 2 – 12 国光嘎查 100 户村民治安秩序维持途径调查统计

调查内容 \ 调查结果	村民选项统计
村 规 民 约	23
道 德 规 范	37
治 保 组 织	13
干群齐抓共管	27

资料来源：根据课题组问卷调查资料统计。

（三）危害社会治安的主要现象及村民对此的态度

封建迷信、偷盗抢劫、赌博、打架斗殴、流氓犯罪等行为均危害嘎查社会治安。村民认为，危害嘎查社会治安的主要方面是赌博和封建迷信（见表 2 – 13）。

---

① 以上内容摘录自嘎查委员会提供材料。

46

表 2 - 13　国光嘎查 100 户村民认为危害农村社会治安的
主要现象调查统计（可多选）

调查内容 / 调查结果	村民选项统计
封建迷信	100
偷盗抢劫	80
赌　博	100
打架斗殴	78
宗族纠纷	0
流氓犯罪	45

资料来源：根据课题组问卷调查资料统计。

　　嘎查村民对危害社会治安的行为均很愤慨，100 户村民中，80 户选择敢怒不敢言，15 户选择袖手旁观，5 户选择积极揭发检举（见表 2 - 14）。从调查结果看，对村民与坏人坏事作斗争的宣传教育工作须加强，要在村民中树立典型、弘扬正气。100 户村民，有 56 户村民认为嘎查干部对危害社会治安行为放任自流，有 22 户村民认为嘎查干部敢抓敢管，有 22 户村民认为嘎查干部胆小怕事。可以看出，村民对嘎查干部对危害社会治安行为的处置不是很满意。

表 2 - 14　国光嘎查 100 户村民对危害社会治安的态度调查统计

调查内容 / 调查结果	积极揭发检举	敢怒不敢言	袖手旁观
村民选项统计	5	80	15

资料来源：根据课题组问卷调查资料统计。

　　总体而言，国光嘎查村民对本嘎查的治安情况还是比较满意的。虽然在 20 世纪 80 年代后的几年里，由于嘎查外来流动人口增多，偷盗事件时有发生，农牧民牲畜等财产时有损失，但在嘎查治安保障组和高力板镇派出所的联合打击下，治安状况得到了控制。此外嘎查委员会加大了对偷盗案件防范的宣传工作，增强了村民的防范意识。嘎查委员会还在所辖村的几个小队中，分别设立一名治安保障执勤人员（由每个小队的队长兼任），分别负责本小队的治安保障工作，统一受嘎查委员会领导（见图2-6）。除了设有有形的治安组织外，还设有村规民约，增强了防范治安事件的有效性。平时村民中发生的纠纷，通常由治保组成员处理，如处理未果，再由治保主任解决，嘎查的治安情况逐步有了保障。国光嘎查新农村建设稳步发展，治安保障也逐渐成为稳定发展的主要因素。几年来，国光嘎查连续荣获社会治安综合治理全镇第一。

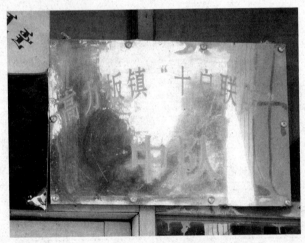

图2-6　十户联防中队（摄于2008年5月1日）

据嘎查达曹秀成讲，七八年前，嘎查里经常有小偷小摸，现在偷鸡摸鸭的情况很少了，因为这些东西价值小，现在已没有多少人在乎。以前一家得养狗2~3条，而现在则每家也就是养1条。对于赌博，情况正好相反，以前嘎查居民连麻将都不会玩，现在好多人都玩，"连老娘们儿都玩",曹认为这跟人们手里钱多有很大关系。对于年轻人打架斗殴、喝酒闹事,据曹讲,以前"小年轻"打架的很多,他自己年轻时就经常打架。现在嘎查里虽然有个别"小年轻"酒后闹事,但比起以前少多了。因为以前本地还有成群结队找茬打架的,甚至有拦路抢劫的,现在则几乎没有这样的了。

六 社会保障

高力板镇的低保分为 A、B、C 三等:A 等每年享受900 元的补贴,国光嘎查有 11 户共计 13 人;B 等每年享受700 元的补贴,国光嘎查有 9 户共计 22 人;C 等每年享受550 元的补贴,国光嘎查有 30 户共计 47 人。据高力板镇民政所干部介绍,享受低保的名单先由嘎查委员会上报民政所,再由民政所去各村民家调查核实,然后由民政所确定最终享受低保政策的农户。民政所干部说,全国光嘎查就 1个五保户冯文才。与他同样情况的还有 4 人,"都是光棍一个",但没有享受到五保政策。因为按照政策,成人男 60周岁,女 55 周岁,孤儿 18 周岁以下,失去劳动能力的残疾人才算五保户。一般五保户是不允许再享受低保政策,但现在高力板镇为了照顾国光嘎查这个五保户冯文才,每年除给 1000 元的五保补贴外,还给 900 元的低保补贴。2009年补充调查之时,全旗即将出台新的政策,新政策是无论年龄大小,只要失去劳动能力或是农村户口且只有两个女儿,就算五保户。就农村低保的名额分配一事,一位嘎查老人认为低保应该给"打过江山出过力的,如当兵的"。那种确实家庭不行,但是家庭劳力充足却过不好日子的不应该得低保。

七　计划生育

据科右中旗档案记载，新中国成立初科右中旗对生育执行国家鼓励的政策，多生孩子会得到鼓励和奖励。20 世纪 70 年代提出晚婚、晚育，进行"计划生育"宣传号召。1977 年成立计划生育领导小组，在公社、镇配备基层专职干部 18 人。1979 年根据中共中央文件，设立计划生育办公室。1980 年，旗革命委员会下发《关于颁发〈计划生育若干问题的试行规定〉的通知》，规定汉族最多生 2 胎，并 1 胎和 2 胎间隔 4 年，杜绝第 3 胎，并规定了对少生、优生、超生的奖惩办法。在少数民族中不提倡计划生育，但对子女多，间隔密，并有节育要求的夫妇也给予指导，但不强迫做结扎等手术。1981 年，对于生育政策提出了具体的要求，鼓励少生，惩罚多生。1984 年，成立旗计划生育技术指导站和服务站。指导站主要指导各苏木、镇的上取节育环、结扎等手术；服务站主要按渠道进行定期发放避孕药具，并建立账目、服药卡等药具管理制度。1985 年，旗人民政府提出到 20 世纪末全旗人口控制在 265 万内，进一步加强计划生育工作，对汉族继续提倡"1 对夫妇只生育 1 个孩子"。同年 5 月 1 日起，少数民族除鄂伦春、鄂温克、达斡尔 3 个民族外，均实行 1 对夫妇只许生育 2 个孩子的政策，独生子女凭证可以优先入托、入学、就医，在同等条件下优先招生、招工。

国光嘎查的计划生育工作主要由嘎查达和妇联主任具体负责。他们严格遵循相关计划生育政策，积极宣传，现嘎查已婚育龄妇女中，采用各类药具避孕的共 504 人，占已婚龄妇女总数的 76%。国光嘎查从 1980 年执行计划生育政策以来，在控制人口数量、提高人口素质方面取得了显著的成效，几年来，国光嘎查连续几年在全镇计划生育工作中名列第一。

国光嘎查大部分村民赞同"少生孩子才能致富"、"少生孩子母亲身体更健康"的说法，不赞同"多生少生听由天命"、"孩子多老了以后才能有依靠"的说法（见表2-15）。

表2-15 国光嘎查100户村民对当前流行观点的态度调查统计

调查内容 调查结果	同 意	不同意	说不清
少生孩子家庭才能致富	85	5	10
少生孩子母亲身体更健康	74	18	8
孩子多老了以后才能有依靠	20	69	11
多生少生听由天命	12	72	16

资料来源：根据课题组问卷调查资料统计。

据于长友介绍，20世纪80年代国家计划生育政策刚开始施行时，群众不能普遍认同，当时全嘎查有3～4户偷生的。对于这些偷生户，到了后期嘎查也都把户口给上了，所以现在嘎查里没有"黑户"。嘎查达曹秀成认为，现在本地男的多女的少，主要原因是计划生育实行后，本地重男轻女，致使男性多于女性。在曹秀成看来，嘎查里一开始执行计划生育虽然稍有难度，但也比较顺利，完全没有多生和超生的。不过访谈人员在与曹的妻子闲谈中了解到，曹现在虽然有两个女儿，还是想要个儿子传宗接代。在访谈过程中，对于40岁以下已有一个孩子的男性村民，我们都要问"想不想再要一个孩子"，得到的回答90%是"不想"，问及原因，他们都说是"一个都养不起"。此外，据当地大夫介绍，嘎查的赤脚医生也得协助调查村民的年龄

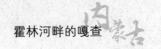

生育情况，发现问题及时汇报。此外赤脚医生还要负责避孕器具和药品的发放。当时如果出现意外怀孕，村民就得去镇里医院流产，高力板镇卫生院的医疗水平挺高，当时做人流也没出现医疗事故。关于对生孩子的限制，大夫回忆，一开始允许生3个，后来允许生2个，再后来是1个。现在计划生育政策又开始放松了，但村民却是让生也不想生，因为抚育孩子成本太高。

八　活动开展

国光嘎查党支部为进一步提升其在嘎查建设中的作用，丰富村民的业余文化生活，组织开展了多项文娱活动，课题组根据嘎查党支部提供的材料整理摘录如下：

（一）国庆座谈会

时间：2006年10月1日。

参加人：国光嘎查全体党团员。

地点：国光嘎查大队部。

内容：庆祝伟大祖国54华诞。国光嘎查领导讲话，要求广大党员和青年团员认真学习"三个代表"重要思想，以"三个代表"重要思想武装自己，以"三个代表"重要思想为指导，为建设家乡、致富家乡、建设祖国作出自己的贡献。

（二）知识竞赛

时间：2007年7月1日。

地点：国光嘎查大队部。

内容：国光嘎查党支部组织主持本次知识竞赛活动，

党总支书记于长友到会并讲话。参赛人员分为5个组，每组参赛队由10人组成。比赛内容有理论题、政策题和游戏题；比赛题型有必答题、抢答题、风险题。比赛进行顺利，伴随着掌声与笑声，经过一轮又一轮激烈比赛，最后由评委评出优胜队2个和优秀个人5名，由国光嘎查党支部领导为获奖集体和获奖个人颁奖。这次活动较大地丰富了村民的业余生活，提高了村民之间的凝聚力。

（三）舞会

时间：2007年5月4日。

参加人员：全体青年团员。

地点：国光嘎查大队部。

内容：此次活动是国光嘎查为庆祝"五四"青年节举办的联欢晚会，在晚会上还开展了许多丰富多彩的活动，活跃了节日气氛，激发了广大青年的积极性。

第三节 取得成就

几年来，国光嘎查连续荣获社会治安综合治理、计划生育、基层组织建设、税收任务完成、退耕还林和植树造林五项全镇第一（见图2-7）。

嘎查支书认为，本届嘎查党支部所取得的成就主要是把位子摆正了，这样一方面人与人之间的关系和谐了、班子团结了，另一方面也把经济搞上去了。这种成就的取得主要是因为嘎查党支部有明确的思路，目标集中于如何增加农牧业附加值，增加农民收入。于长友很自豪地告诉访谈人员，国光嘎查利用地域优势，打造了466工程，即人

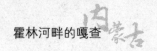

图 2 - 7　嘎查光荣榜（摄于 2009 年 8 月 14 日）

均 4 亩水地，6 亩林地，6 只绒山羊。此外国光嘎查创造了 3 个全区第一：2001 年的十户联防小组；2002 年的种养殖专业合作社和 2006 年的农民工工会。因为前两个第一，2003 年于长友当上了嘎查支书，2005 年被评为劳模。于称自己当年连升 3 级，是兴安盟、自治区和全国 3 级劳模。当时全兴安盟共 3 个全国劳模，另外两个 1 个是交警，1 个是烟草公司职工。据于介绍，全国劳模的表彰大会在人民大会堂举行，他当时就坐在吴仪后边。作为全国劳模，于长友还参加了自治区的劳模报告团，到呼和浩特市、鄂尔多斯市、乌海市、巴彦淖尔盟、包头市、乌兰察布盟 6 个地区宣讲经验。于长友称，在2003 年自己当嘎查支书之前，全嘎查人均收入 600 元。2005 年后，嘎查人均收入上升到 3000 元。于长友认为这一成功主要得益于组建了专业合作社搞产业化经营，另外植树造林等几方面工作都搞上去了。也因为这些工作在自治区走到了前列，自己才能连升 3 级。除了这种个人荣誉，于长友还告诉访谈人员，国家交通部部长曾代表中组部来国光检查"三个代表"教育情况。此外，自治区领导杨利民来过 3 次，雷·额尔德尼来过 2 次。这些外在成就的取得，与干群关系的改善和群众的认可是分不开的。

一　干群关系

嘎查党支部和嘎查委员会干部都认为现在的干群关系要好于以前。农业税取消前嘎查干部得跟农民要农业税、要"三提五统"，还得推行计划生育政策，这使得干群关系比较紧张。现在国家给村民有各种补贴，嘎查干部的一项重要工作就是给村民发钱，因此好多时候村民主动与嘎查干部接近。曹秀成认为，现在嘎查干部只要一碗水端平，工作就好做。于长友认为，现在如果嘎查干部思想超前，能给嘎查争取点项目，老百姓就愿意找干部，这样集体事务比以前更好做了。不过即使这样，一些集体事务的推行也不是完全顺利。比如合作医疗刚开始实行时，有个别户就说自己没病，所以也不交，最后只能由村里统一交。到了第二年，患病村民尝到了合作医疗的甜头，那些开始不交的村民也开始交了。嘎查支书认为，农民做事必须是能有摸得着、看得见的实惠，才会转变思想观念。

另据新任支书曹秀成介绍，2009年嘎查里上了2100亩节水灌溉项目。这一项目属于从2006年开始的旗里土地平整项目，即农田全部铺设管道，每亩地国家给投资1100元，建成后村民直接使用。即使这样的好事，也有个别几家村民不同意，嘎查干部只好耐心做工作。当时施工占地，盖井房占地，土地压印破坏等再由村委会做改善土壤等善后工作。在于长友看来，农村领导就相当于家长，解决好了一家，别家都来找你，这样麻烦虽然多了，但威信也相应高了。所以当嘎查干部也会陷入各种复杂琐碎的人情关系中，比如谁家杀猪请嘎查干部去，嘎查干部如果不去就会让该家觉得不给面子或者与自家关系不好。一位嘎查干部觉得现在国家政策虽然很好，但限制老百姓的法律太少了，老百姓的胆子大，想骂就骂，用句当时的流行语是："交钱交粮不交你，有了事就找你，不给办就骂你。"

二　群众评价

（一）对党支部的评价

村民对党支部整体工作是认可的，但距离理想预期还有一定差距（见表2-16），需要国光嘎查党支部不断总结工作中的经验教训，带领村民致富奔小康。

表2-16　国光嘎查22户村民嘎查党支部工作情况调查统计

调查内容	调查结果	村民选项统计
嘎查党支部工作	成绩突出	9
	成绩一般	9
	不清楚	4

调查内容	调查结果	村民选项统计
党支部带领村民 脱贫致富工作	成效显著	9
	成效一般	10
	不清楚	3
党支部组织工作 开展情况	良好	6
	一般	14
	不清楚	2

资料来源：根据课题组问卷调查资料统计。

（二）对嘎查委员会的评价

很多时候村民将嘎查党支部和嘎查委员会视为一体，所以村民对国光嘎查委员会工作的认可也与对嘎查党支部工作的评价类似，即整体上认可，但与理想预期还有一定差距（见表2－17），需要嘎查委员会不断总结经验教训，以更好地为村民服务。

表2－17　国光嘎查22户村民嘎查委员会工作情况调查统计

调查内容	调查结果	村民选项统计
嘎查领导工作	成绩突出	8
	成绩一般	10
	不清楚	4
一事一议制度	执行良好	11
	执行一般	9
	不清楚	2
村级财务公开	执行良好	7
	执行一般	12
	不清楚	3

资料来源：根据课题组问卷调查资料统计。

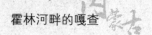

第四节 嘎查发展所具备的优势和面临的困难

一 具备的优势

于长友认为，高力板镇的优势也是国光嘎查的优势，即交通四通八达，属科右中旗的集散中心，杂粮豆集散地，村民机会多。嘎查达曹秀成认为，国光嘎查的优势主要是地理位置好和百姓素质高。前者体现在两个方面，一方面国光嘎查正好位于高力板镇的镇区，另一方面新旧两条111国道都紧邻国光嘎查，老国道贯穿嘎查，新国道紧绕嘎查。百姓素质高主要体现在以下几点：首先是老百姓种植技术熟练；其次是会过日子，"生活家庭摆布地好"；再者嘎查居民的思想超前，不保守，接受新事物快；还有就是村民都踏实肯干；最后一点是村民的法律意识比较强。据曹秀成讲，现在村民之间合作做买卖等口头承诺少，签合同、协议的比较多。

二 面临的困难

在嘎查达曹秀成看来，嘎查发展所面临的困难主要是两个方面。一是资金薄，信用社给农民贷款，每户仅2000~3000元，利息一分五厘，还得找有工资的人担保，一般不是至亲，这样的担保人很难找。而在于长友书记看来，现在信用社贷款金额小、麻烦，农业银行又没有专门针对农民的服务，农民还得靠自己。如果是民间借贷，本地利息高达3~4分，即使借贷双方都熟悉，也需要签协议、打欠条，还得找担保人，这个担保人也必须"托底"，因为万一借款人无力偿还或逃跑，就需要担保人来承担偿还责任。这样无论是国家借贷还是民间借贷，村民都难以筹措到大量的资金。嘎查发展不足的另一个方面是耕地面积少，即村民的口粮地少，经济作物的种植受到很大限制。在嘎查支书于长友看来，嘎查发展面临的困难还包括百姓素质低，与大的政策环境不太适应。尤其是作为示范嘎查，上面说要给予的项目多，但真正能落实的少。此外嘎查引进的资金少，规模小。于长友认为，嘎查所能利用的资金，外部的就是项目投资，内部的就是群众间的融资。虽然以前那种总是等着外部投资的"等靠要"思想已经消失，但必要的资金扶持还是应该有的。

在镇领导干部看来，国光嘎查发展还面临专业技术人才、学前教育、电力供应和企业带动等方面的问题。就专业技术人才方面来看，国光嘎查经济基础薄弱，资金不足，各种专业技术人才缺乏，引进专业人才困难，这是制约国光嘎查进一步发展的瓶颈。因缺乏科学技术，国光嘎查农民种植养殖科技含量低，种植的优质品种也大都得购买黑龙江、吉林等地的产品；就学前教育方面来看，村民民主自治工作领导小组有意建设村（嘎查）办幼儿园、学前班，使"从娃娃抓起"落到实处，不过尚处于尝试阶段；就电力供应问题，夏季尤其明显，主要是夏季灌溉农田，机井用电量猛增，旱年会严重影响当地的生产；就企业带动问题，国光嘎查需要有影响力且能够带动当地发展的龙头企业入驻，从而实现以点带面带动当地及周边地区的经济发展，从而提高嘎查建设档次。现在嘎查达曹秀成与吉林通榆远通种子公司和龙丰种业公司合作的高粱订单和葵花订单收购已经开始尝试，尚需进一步引导与扶持。

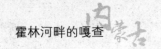

附录1　内蒙古自治区兴安盟科尔沁右翼中旗
国光嘎查党支部党员发展规划

国光嘎查党支部为进一步提升党组织在嘎查经济建设中的作用，从自身出发，制定了发展党员工作的五年规划。

一　指导思想

以邓小平理论和江泽民同志"三个代表"重要思想为指导，认真贯彻落实党的"十七大"精神，按照"坚持标准，保证质量，改善结构，慎重发展"的方针做好组织发展工作，增强党的阶级基础和扩大党的群众基础，从而把我们的党建设成为社会主义事业的坚强领导核心。

二　总体目标

为了不断改善嘎查党员的年龄、文化和行业分布结构，保证党员队伍的生气，加大嘎查经济发展的力度，把一批德才兼备、年轻有为的先进分子吸收到党组织中来，各党支部都要建立一支素质较高、结构合理的入党积极分子队伍，嘎查党支部每年至少要发展一名年轻党员。新发展党员中，少数民族党员、妇女党员要达到一定比例，农牧民党员、生产一线党员和年轻党员的比例要达到70%。

三　要求及措施

第一，建立一支年轻有为、素质较高的入党积极分子队伍，是做好发展党员工作的基础，嘎查党支部要采取多种形式，加强对入党积极分子的培养、教育、考察和管理。对入党积极分子的培养教育，要坚持从实际出发，注重实效。要经常组织积极分子开展活动，分配一定的社会工作，并进行检查、帮助，让他们在实际工作中经受锻炼考验，尽快成熟。

第二，严格党员发展标准，坚持成熟一个发展一个。要严格按照《中国共产党章程》规定履行接收新党员的程序和手续，严格履行备案手续。不得随意简化程序，更不能弄虚作假，要严把政审关，要集体讨论、集体研究，要推行新党员公示条例，坚决制止和纠正发展党员中的不正之风。

第三，加强对预备党员的培养和考察工作。对预备党员要做好经常性的培养教育工作，要多角度、多途径进行引导和教育。通过教育和实际锻炼，对不具备条件的，应取消预备党员资格。

附录2　内蒙古自治区兴安盟科尔沁右翼中旗国光嘎查新农村建设规划

为全面推进社会主义新农村建设，按照"生产发展、生活宽裕、乡风文明、村容整洁、管理民主"的社会主义新农村建设标准，国光嘎查在充分调研、突出特色、统筹兼顾、科学规划的基础上，确定了"十一五"期间国光嘎查新农村建设规划。建设规划以科学发展观为指导，以农民增收为目标，发展新产业，做大做强三大特色优势农产品基地，以提高农民素质为根本，推广全村综合配套改革为动力，逐步建立完善的社会保障体系。

一　规划内容

（一）发展目标

2006~2010 年发展目标：农牧业产值突破 2000 万元。其中，工业生产值 1000 万元，农牧业生产值 1000 万元。深入实施富民工程，实现全嘎查人均收入突破 7000 元；310户农民全部领保险，基本养老保险参保率达 90%，医疗保

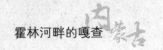

险参保率达 95%；加快发展农业合作经济组织建设，使全体居民在合作经济组织的带动下受益；农民人均文化水平达到初、高中水平；村容村貌从根本上得到改观。

（二）农田水利建设项目

项目总投资 150 万元，其中申请新农村建设资金 100 万元，群众自筹资金 50 万元。2007～2010 年，对全嘎查所有耕地进行全面开发，新打机电井 80 眼，维修旧井 20 眼，铺设地下管道 3000 延长米，架设动力线 8000 米，进一步提高农业综合生产能力。

（三）房屋改造工程项目

项目总投资 500 万元，其中申请新农村建设资金 300 万元，群众自筹资金 200 万元。2007～2010 年，对全嘎查 500 户房屋进行彻底改造，达到新农村建设住房标准。

（四）蔬菜大棚建设项目

项目总投资 100 万元，其中申请新农村建设资金 70 万元，群众自筹资金 30 万元。2006～2009 年，建成蔬菜大棚 50 栋，大力发展绿色无公害蔬菜种植。

（五）畜牧业发展项目

项目总投资 800 万元，其中申请新农村建设资金 600 万元，群众自筹资金 200 万元。2010 年底，计划建成年出栏 8 万口生猪养殖基地一个，生猪存栏 2 万口，出栏 6 万口，基础母猪发展到 1000 口，养母猪专业户 50 个，全嘎查养猪业实现产值 5000 万元，养猪纯收入实现 1000 万元。

（六）林业发展项目

项目总投资 80 万元，其中申请新农村建设资金 60 万元，群众自筹资金 20 万元。至 2010 年底，全嘎查速生丰产林发展到 2000 亩，实现林粮、林草、林药兼作，进一步促进农牧民增收。

（七）小城镇建设项目

为加快小城镇建设步伐，主干道硬化、绿化、美化和亮化工程，将对本嘎查"四横两纵"主线干道进行硬化，对主次干道和文化广场进行系统地硬化和绿化，使全村达到"四无两有"、村容整洁的目标。

（八）自来水工程建设项目

将申请新农村建设资金和群众投工投劳相结合。2008年底，计划完成国光嘎查的自来水工程，总投资125万元，其中申请新农村建设资金60万元，农牧民投工自筹65万元。计划打深水井1眼，铺设主管线8公里，受益户达580户。

（九）沼气建设项目

项目总投资80万元，申请新农村建设资金60万元，群众自筹资金20万元。2006～2007年上半年度，在国光嘎查建成526户沼气工程，既节约用电用气，降低成本，又能合理解决污染，达到村容整洁目标。

通过以上项目建设，推动全村经济社会又好又快地发展，全嘎查人均纯收入将达到7000元。到2010年时，全嘎查经济繁荣、社会安定、人民生活富裕。一个生产发展、生活富裕、乡风文明、村容整洁、管理民主的社会主义新农村即将屹立在兴安盟的南大门，在兴安盟以及科右中旗的建设社会主义新农村进程中，能够起到极大的推动作用和带头作用。

二　取得的成效

自2006年以来，国光嘎查将新农村建设工作纳入村生产工作的重要议事日程，并成立了新农村建设领导小组，研究和制定新农村建设的规划。嘎查按照新农村建设"20字方针"① 制定经济建设、社会发展以及提高农牧民素质的具体工作方案，通过组织召开党员大会、村民代表会议和村民大会，认真学习新农村建设知识内容和政策，使全嘎查农牧民对社会主义新农村建设的意义有了深刻的认识，嘎查居民积极性空前高涨，主人翁意识、主体作用意识日益凸显。

高力板镇国光嘎查的新农村建设工作在上级各有关部门的大力支持和真诚关怀下，各项工作顺利进展，打开了良好局面。嘎查全体干部和农牧民群众定会珍惜和把握这难得的历史机遇，一心一意谋发展，扎扎实实搞建设，决不辜负上级领导的期望与厚爱，以建设社会主义新农村的实际行动，让群众得到实惠，实现镇容村貌大变化，坚实地迈向社会主义新农村②。

---

① 即生产发展、生活宽裕、乡风文明、村容整洁、管理民主。
② 以上摘录自村委会提供材料。对于新农村建设规划，于长友认为70%都已实现。2009年补充调查之时，嘎查自来水工程和有线电视工程正在进行中。

第三章　经济

村域经济一般包括商业、种植业和畜牧养殖业。但因嘎查属于高力板镇街区一部分，嘎查的物资流通都是通过镇里的商业店铺实现，所以嘎查没有自己独立的商业店铺，本章主要介绍嘎查种植业和畜牧养殖业。

第一节　种植业

在农作物里，糜黍最耐变质，甚至窖藏 80 年都不腐坏，且制作为炒米可随身携带，适应野外生活。因此在历史上，作为马背民族的蒙古族，虽然逐水草而游牧，但后来却发展出独特的马蹄农业，即从播种到收获不用铲、趟、间苗，仅夏秋两季以马蹄作业种植糜黍。马蹄农业全部以马蹄为生产工具。每年初夏，有经验的牧农们即观测天气，选择雨水充足的时节，口袋里装上糜黍籽，跨上马在土地肥沃的松软地块上，用手慢散籽种。撒完之后，赶着马群来回踩踏几遍，便完成了全部播种作业。到了初秋，糜黍已成熟，牧民将其收割到场，用马群在铺好场的作物上来回踩踏，便可脱粒收藏。这样，一年的播种收获，仅在夏秋两季的两次马群踩踏中全部完成，打下粮谷找个高岗上干燥之地，挖地窖储藏，随食随取。当然，此种景象只在清朝放垦前才有，新中国成立后国光地区的种植业逐步走向了现代化。

一 种植条件

国光嘎查属科右中旗南半部的产粮区。经调查了解，国光嘎查主要种植粮食作物和经济作物。随着经济的发展，农业结构在逐渐改变，但粮食生产始终居主导地位，以高产玉米为主，以杂粮杂豆为特色农业。党的十一届三中全会以来，经济作物的种植面积得到逐年增加，粮豆种植面积有所下降。

据国光嘎查会计商殿臣提供的数据，国光嘎查土地总面积5万亩，东北有3万亩的沙陀地，西北有6000亩的平原，西边有2000亩的盐碱地。嘎查耕地面积8000亩，其中平地4000亩（见图3－1）、沙地4000亩①（见图3－2）。耕地按照能否灌溉分为旱田和水田，国光嘎查有旱田4600亩、水田3400亩。1998年之前，嘎查还有1000亩的机动地，但1998年水淹之后，这些机动地就分配给洪灾中的失地农民。洪灾过后，这些被淹之地又被村里改造成为林地，因此嘎查里还有1000亩退耕还林地。

根据嘎查委员会提供的材料，2001～2005年，国光嘎查平整土地1.1万亩，打井290眼，种植防护林7.5万株，使国光嘎查的8710亩土地中的4000亩农田变成了"田成

---

① 以前的嘎查达，新任的嘎查支书曹秀成称，以前农业税时代为了减轻农户负担，嘎查里少报了1100亩，实际国光的沙地面积应为5100亩。国光屯跟高升屯合并后，全嘎查耕地面积共计10648亩，有地农户为1331人，人均8亩。其中高升屯人均旱地3.8亩，水地4.2亩，国光屯人均旱地3.9亩，水地4.1亩。全国光屯户均林地6亩。

图 3 – 1　大田地（摄于 2009 年 8 月 9 日）

图 3 – 2　撂荒的沙地（摄于 2009 年 7 月 17 日）

方、林成网、渠成条、路成线、井配套、旱能灌、涝能排"的高产农田。2005 年，国光嘎查粮食生产总值达 600 万元，200 万公斤；2006 年，国光嘎查粮食生产总值达 640 万元，210 万公斤；2007 年基本与 2006 年类似；2008 年，国光嘎查粮食生产总值达 700 万元，250 万公斤。

对嘎查 100 户村民耕地面积及耕地类型进行调查（见

表3-1）后，课题组发现国光嘎查耕地类型主要有6种，平均每户拥有耕地42亩。

表3-1　2006年国光嘎查100户村民耕地面积及耕地类型调查

单位：户，亩

内容	耕地面积及类型						
户数	平地	坡地	水地	旱地	承租	林地	单户总计
100户合计	1118	655	949	617	643	213	4195
每户平均	11	6.55	9.49	6.17	6.43	2.13	42

资料来源：根据课题组问卷调查资料统计。

二　种植结构

嘎查农户将种植土地分为大田①和菜园子两种类型。大田主要是大面积种植粮食或经济作物（见表3-2），菜园子则是各家各户在房前屋后或水井旁开辟田地，种些蔬菜瓜果（见表3-3）。近几年，随着整个高力板镇经济的发展，农户种植的专业化程度也在提高，因此嘎查里有的农户专门种植大田，有的则专心"侍弄菜园子"，此外还有一些农户自己不再以农田种植为生，而是专门购进大型农业机械，在整个科右中旗进行专业化耕种，以收取耕种费用为生。

据国光公认的种地能手杨贵臣回忆，刚建国时"本地啥都种"，玉米、高粱、大豆、绿豆、豇豆、土豆、荞面、黄豆。当时1斤大米0.182元，1斤白面0.176元，一家一年连10斤酒都买不到。当时酒也是统购统销，买酒要酒票，好酒②1斤才卖1.26元，过年打2斤酒都得托人。

---

① 也称"大地"。

② 指高力板制酒厂（见图1-5）特产的"高力板大曲"，2009年该酒已经停产，据说市场售价为每瓶200多元。

表 3 - 2 2006 年国光嘎查 100 户村民作物种植类型调查

单位：户

内容	荞麦	豆类	玉米	向日葵	高粱	谷子
户数	2	100	100	100	100	90

资料来源：根据课题组问卷调查资料统计。

据嘎查书记于长友讲，到了 20 世纪 50 年代，本地主要种植的蔬菜有黄瓜、柿子、大白菜、茄子、角瓜、倭瓜、土豆。当时几乎年年发生饥荒，每个成人每年的口粮是粗苞米 360 斤，即 1 天 1 斤粗粮。不同的年龄段，分配标准也不同。1～10 岁为每人每年 100 斤，10～18 岁为每人每年 200 斤。当时的退休教师和赤脚医生按最高工分计，即每年 360 斤。村民将那个时代称为"大集体"或"大帮工"，吃粮食得购买返销粮。于长友称当时国光在全旗排名倒数，是全旗的蔬菜队，但国光为纯蔬菜队仅有 1958 年一年，1959 年又改回来，杂粮又都开始种植，最多时每年上交 6 万斤粮。

表 3 - 3 2006 年国光嘎查 100 户村民蔬菜种植类型调查

单位：户

	是否种植蔬菜		蔬菜种植种类						
	种植	不种植	豆角	西红柿	白菜	萝卜	黄瓜	茄子	马铃薯
户数	100	0	100	100	90	92	100	100	100

资料来源：根据课题组问卷调查资料统计。

从 2000 年开始，本地主要种玉米（见图 3 - 3），因为当时本地收玉米的很多，外地有吉林通榆，区内则全区各地都有。本地村民较少套种，杨贵臣认为村民种植一般是"你种啥我种啥，大都随大流，不往深研究"，而自己是感觉每年要收啥就种啥。

近几年几乎全嘎查 100% 地种苞米，这样的种植结构有

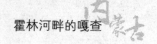
6～7年，苞米主要用来销售。2007年的种植结构是90%的玉米，10%的高粱，高粱主要供应酒厂。苞米价格2005年为每斤0.62元，2006年为每斤0.62元，2007年为每斤0.65元。现在葵花收割虽然还是靠人工，但播种实现了机械化，效率很高。2008年国光的种植结构是70%的苞米，30%的葵花，当年葵花遭了虫灾，市场价格高，最高时为每公斤8元。

图3-3　秋收季节的玉米地（摄于2007年10月13日）

另据国光嘎查达介绍："国光嘎查用工业理念调整种植业结构，走少种、精种、优质高效的道路，合理布局、全面优化粮、经、饲三元种植结构。以种植绿色有机作物为发展方向，建设优质农产品基地、扩大杂粮杂豆等优质农产品种植；以种植青贮饲料为突破口，科学利用秸秆资源、大力发展饲料、贮草作物的种植，推进优质牧草基地建设，实现农产品转化增值。"国光嘎查建有"优质玉米生产基地、高产大豆生产基地、绿色蔬菜生产基地"等生产基地。但据一位嘎查干部介绍，本地玉米和绿色蔬菜几乎家家种植，因此可以说家家都是基地，基地就是整个嘎查。

三　田间耕作

据村民介绍，本地农作物主要为一年一熟。新中国成立前，国光嘎查农民用木犁扣地，春季闯茬播种，宽行大垄，种植稀疏，甚至还沿袭"那木罕"①撒籽的耕作方法，产量很低，新中国成立后逐步开始使用新式马犁。到了20世纪70年代后，高力板镇开始用东方红拖拉机翻地，当时全镇只有一台；如图3-4所示为现在农民普遍使用的农用拖拉机。据当年的种植能手赵姓村民的介绍，耕作中需要做好耕地与播种、积肥与施肥、管理与收获几项工作。

图3-4　农用拖拉机（摄于2007年10月13日）

（一）耕地与播种

在没有实现机械化耕作之前，冬季村民要进行碎土保

---

① 一种传统的播种方式，将籽种直接撒在地上，然后用马队踩踏即为播种完成。

塇，以保住湿气。当时还有"先耙后耱"之说，就是先耙地再耱地反复进行，直到将土地耱绵。耙地就是深深地犁，重重地耙，耱地是耙地后马上进行的一项连续作业。

耕地时既要有深度要求，还要结合相应的技术措施，即根据当年的气候，决定深浅。深耕要与施肥、保塇等一道进行，对改造土壤的作用很大，因为将下层未经充分利用的生土翻到上层，日晒熟化，可增强有益微生物的活动，加速有机物质的分解，释放出大量的有效养分，补给作物吸收。在 1998 年发洪水之前，深耕对于盐碱地而言还能防止盐分上升，加快盐碱地的改良。

国光嘎查以农历为准计算农作物的播种时间。旗志里收集的民谚有"天凉种早、天热种迟"，这从另一个侧面说明适时播种的意义。现在国光地区村民播种虽然大都是机械化，但收获还是以人工为主，如收玉米一般每天每家[①] 10 亩地。

（二）积肥与施肥

国光嘎查积肥主要是羊粪、大粪、驴马粪和猪粪。一般猪粪是最好的农家肥，但是数量要较其他几种肥料少很多。杨贵臣的菜园子之所以收入高，他自己认为主要靠精耕细作和"粪发土强"。对于"粪发土强"，老人解释为种菜主要用粪为主，化肥很少，把粪发好了，产量也就上去了。对于精耕细作，老人自称种园子投入的精力最多，因此一直都没有包过别人的地，他说自己的菜园子就足够种了，"自己的家产都是从菜园子出来的"。因为太累，老人

---

① 以 3 口人计。

认为自己的活没有多少人愿意干了，连儿子都不接班。此外，旗志里搜集的"粪是地里'金'，水是地里'银'"、"地凭粪养，苗靠水长"等民谚，说的也是多施肥、施饱肥、施肥与浇水的配合作用。不同作物需要的肥类、肥量不同，根据需要合理施肥才能确保丰收。

（三）管理与收获

田间管理是耕种过程中的重要环节，主要有抗旱防涝、中耕除草和防治病虫害等内容。

抗旱防涝，据村民讲，国光嘎查曾投入各种力量兴建水利设施、引水灌溉、开渠打井抗旱。就个体农户而言，抗旱主要是用机井，本地最多浇 5 遍，最少浇 2 遍，村民普遍认为"靠天吃饭是不行的"。

中耕除草，一般六七月是种后锄、铲、趟、间苗的重要时期，尤其 7 月雨季来临，杂草生长旺盛，必须及时清除。比较普遍的是铲两遍、耪两遍、趟两遍。

治虫防害，据旗志记载，本地害虫有玉米螟、草地螟、土蝗、稻包虫、稻飞虱、高粱蚜、大豆食心虫、地老虎以及黏虫等，主要病害有禾谷黑穗病、黑粉病、大小斑病、稻瘟病、立枯病、锈病、谷子白发病等。据杨贵臣介绍，2008 年本地种葵花遭了虫灾，2009 年村民开始打药，但是因为种植面积较多，喜鹊、家雀、小绿虫等灾害所造成的损失较大。主要是现在的药劲小，害虫抗药能力强，"甲磷①都不好使"。据村民的回忆，建国时主要使用赛力散、"六六六"、"DDT"等化学农药。到了 20 世纪 60 ~ 70 年

---

① 一种农药。

代，开始使用"1605"、"1059"等剧毒农药和化学除草剂。现在村民防病虫害一般就是打药，村民所知的害虫有腻虫[①]、蚧虫、蝗虫、蝲蛄、地蚕[②]，拌药一般是1605。现在买的种子有的拌药，有的不拌药。村民称吉林销售的种子一般都已经拌药，播种前就不用再拌药。但是，大量农药使用，使得土地板结、药量超标等问题日益凸显，此类问题的专业性较强，调查难度较大。

四　农作日程

作物种植有固定的农作日程，一般是根据节气规律安排生产。

本地立春时节，气温开始上升，但天气仍变化无常，时常有风雪侵袭。这时，村民就开始积极防御春旱，做翻地、打坷垃、耙耱保墒等春耕备耕工作。春分开始整理耕地，送农家肥，播种小麦等早春作物。到清明时，小麦播种进入扫尾阶段。谷雨时节，本地开始进行大面积大田播种。夏至时节本地开始进入雨季，天气变得暖和，村民开始种植谷子、小麦、糜黍等作物。此时杂草也生长较快，村民忙于锄、铲、追肥、灌水和防治病虫害等农活。到了小暑大暑，雨水量不断加大，过去时常有大雨、暴雨，防洪工作较为重要，但近几年则天气干旱，村民都忙于抗旱。大暑也是小麦和瓜果蔬菜的收获时节。到了立秋时节，大田后期作物进入管理关键时期，铲、趟等农活成为重点，相对而言，此时为农闲阶段。到了处暑天气转凉，

---

① 蚜虫。
② 地老虎。

霜冻开始出现，大田作物相继成熟，村民开始准备秋收工作。白露时，气温下降，进入收获季节，秋收工作进入高潮。秋分时节，本地开始全面抢收。寒露时，秋收进入收尾工作，村民开始收向日葵，起土豆，打场。霜降时大地开始封冻，立冬时天气转冷，进入本年度农活扫尾阶段。小雪至大雪时，村民开始积肥，为第二年做好春耕生产准备工作。到了小寒、大寒，天气已经很冷，但要进行冬季保墒和积肥。表3－4为国光嘎查地区农作日程安排基本情况：

表3－4 国光嘎查农作日程

月 份	节 气	农作安排
1 月	小寒 大寒	积肥
2 月	立春 雨水	农闲兼备耕
3 月	惊蛰 春分	整理耕地、送农家肥、生芽、育苗
4 月	清明 谷雨	播种地膜春菜、植树造林
5 月	立夏 小满	种植玉米、高粱、大豆等农作物
6 月	芒种 夏至	种植谷子、锄铲、追肥、灌水
7 月	小暑 大暑	收瓜果蔬菜、抗旱
8 月	立秋 处暑	农闲、种小葱、为秋收做准备
9 月	白露 秋分	大田作物成熟、秋收开始
10 月	寒露 霜降	收葵花、起土豆
11 月	立冬 小雪	脱玉米、大豆、葵花等
12 月	大雪 立冬	积肥

资料来源：根据课题组问卷调查资料统计。

据调查（见表3－4），国光嘎查农作物的生长期在夏、秋两季，适应农作物生长期的培植工作，也在夏、秋两季。因此，本地农忙为春、夏、秋三季，农闲为冬季。但在夏、

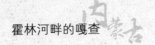

秋两季，也有断断续续农闲时节。国光嘎查各家在安排农业生产工作外，还适时种植蔬菜、瓜果出售，或修整树林、兴修水利、积肥保墒，合理调剂农业生产日程、分配农作活动，确保"闲时不闲"。

五 大田种植

据嘎查委员会提供的数据，2004 年国光嘎查每户收获玉米 2000 公斤，2005 年为 2100 公斤，2006 年为 3639 公斤，2007 年为 3800 公斤，2008 年略有下降，为 3500 公斤。但是，根据课题组 2007 年对 100 家农户大田农作物收获调查统计（见表 3－5），年产量收获最高的是玉米，平均每户收 3639 公斤，收获最低的是荞麦，平均每户 10 公斤，此调查数据与嘎查委员会提供的数据有一些出入。

表 3－5　2006 年国光嘎查 100 户村民大田农作物
收获调查统计

单位：公斤

选项＼内容	马铃薯	玉米	向日葵	荞麦	豆类	高粱	谷子
100 户合计	8470	363900	255500	1000	83500	51500	23200
每户平均	847	3639	2555	10	835	515	232

资料来源：根据课题组问卷调查资料统计。

据杨贵臣回忆，近 6 年国光的亩产量才大幅度提高。这种产量提高归功于三方面的因素，一是品种得到了改良，二是开始普遍使用化肥，三是人们的种田积极性提高了，"能干的把不能干的也带动起来了"。据村民回忆，10 年前本地开始使用化肥。以种菜园子出名的杨贵臣种大田的亩产也高于别人家，他说自家苞米能达到年亩产 1700 斤，是别家年亩产量的 2 倍。杨贵臣自己估算的结果是：7 亩大田种玉米得投入 2000 元，毛收入 8000 元，纯收入 6000 元，亩均纯收入 857 元。访谈人员根据老人提供的分项数据，计算了这 7.2 亩大田种玉米的投入与产出。当时杨贵臣一年总共产出玉米 60 袋，每袋 180 斤，这样 7.2 亩的总产量为 10800 斤，亩产可达 1500 斤，玉米价以每斤 0.6 元计，每亩毛收入 900 元。这些大田的化肥投入为 200 斤二铵（360 元），150 斤尿素（120 元），4 车粪①，这样，投入共计 480 元，亩均投入 66.7 元。计算结果显示，大田亩均纯收入 833 元。

从 2002 年开始，本地大田上了保险，不管种啥每亩地 5 元。从 2009 年开始，玉米每亩还是 5 元，但葵花每亩变为 1.5 元。

六 蔬菜种植

国光屯的杨贵臣老人今年 63 岁，自称 18 岁就开始种菜园子，种菜技术国光第一。嘎查支书曹秀成说现在高力板镇里的人都认可杨贵臣家的菜，"同样是卖菜，他家比别家的卖得好"，可以说种出了品牌。据杨贵臣回忆，国光为纯蔬菜队时，全大队都种菜。1981 年时杨贵臣种 32.8 亩大地，3.8 亩的菜园子（见图 3-5），当时主种黄瓜、柿子、圆白菜（大头菜）、大葱和小葱。

据杨贵臣的估计，菜园子里有 270 个菜池子，一亩地得投入 2000 元左右，自家 3.8 亩地，总共投入 7600 元，具体包括种子、化肥、浇水和打农药四项。按每亩计算，种子有自家留的，也有跟供销社买的，该项支出共 400

---

① 1 车按 3000 斤计，共 12000 斤粪。

图 3 – 5　菜园子（摄于 2009 年 8 月 9 日）

元。化肥主要是二铵，共需 400 元；浇水主要是用水泵，每月电费 30 元，共需浇 6 个月，支出共计 180 元。农药支出共计 200 元。这样，分项汇总后，每亩地的投入为 1180 元。

再看这 3.8 亩地的收入，按老人自己的估算是最多（2005 年前）卖过 2.4 万元，去年（2008 年）2.4 万元，前年（2007 年）2 万元，大前年（2006 年）2.3 万元，再大前年（2005 年）1.9 万元。访谈中，老人将自家销售蔬菜的账本拿了出来，访谈人员经过统计后数据如表3 – 6（a）~ 表3 – 6（c）所示。

表 3 – 6（a）　杨贵臣家 2006 年蔬菜销售情况

单位：元

销售记录日期	5 月 1 日	6 月 13 日	7 月 1 日	8 月 1 日	10 月 10 日
销售金额	4866	2493	5329	3163	920
年终收入合计	16771				

表 3 – 6（b）　杨贵臣家 2007 年蔬菜销售情况

单位：元

销售记录日期	4 月 25 日	5 月 12 日	5 月 21 日	6 月 13 日	7 月 8 日	8 月 9 日
销售金额	3181	616. 2	1409	2573	8329	6379
年终收入合计	22487. 2					

表 3 – 6（c）　杨贵臣家 2008 年蔬菜销售情况

单位：元

销售记录日期	4 月 19 日	5 月 6 日	5 月 22 日	5 月 28 日	7 月 11 日	7 月 12 日	8 月 6 日	8 月 10 日
销售金额	2732. 5	1820. 5	1187. 5	672. 4	2589	5186	451	5172
年终收入合计	19810. 9							

　　以每年 1180 元的固定投入计，则 2006～2008 年 3 年的纯收入为 55529. 1 元，年均收入 18509. 7 元，每亩收入 6169. 9 元，这比老人自己估算的要低一些，但比起别家的大田和园子收入也是很高了。

七　农业机具

　　中华人民共和国成立初，本地农业工具还是历史上沿用下来的传统老式农具，动力是人畜力，以后随着时代的发展，现代化的农业机具逐步引进，个体农户的生产效率也逐步提高。

（一）传统农具

　　犁，一般由犁檐、犁托、犁舰、犁后梢、枢杆、犁铧（见图 3 – 6）等部分组成。犁檐、犁托、犁舰、犁后梢为木制，犁铧为铸铁。犁按制作材料可分为木犁和铁犁，杨贵臣说新中国成立初期本地用的是木犁，当时连地都不翻；

犁按动力来源可分为牛犁、马犁、机械犁。20 世纪 50 年代，国光嘎查才开始用马犁。马犁使用时，耕者持犁在后，驱牛、马拉动向前；机械犁使用时需驾驶员在前开机动车牵引，因此该种犁的使用在 20 世纪 70 年代之后。

图 3 - 6　犁铧（摄于 2007 年 10 月 13 日）

拉子（见图 3 - 7），木制，主要由拉腰、拉翅、拉膀组成。种地时配合犁使用，犁耕地在前，播种后，由人或人赶着牛、马、驴驾着拉子，将种子用土盖好以保墒。

磙子有两种，由圆石磙心、木制磙框组成的称石头磙子，分为鸡蛋磙子（见图 3 - 8）和长磙子；由圆木磙心、木制磙框组成的称木头磙子。鸡蛋磙子用于播种拉子盖好土后压垄沟，起到保墒的作用；长磙子秋收后用于打场；木头磙子用于将活土压实防止水分流失。

点葫芦（见图 3 - 9），由木制葫芦身、布制装种子的葫芦袋子和木棍组成。葫芦身长约 60 厘米，中空，前头有撒籽小孔，后有布袋相连，内装种子，用木棍敲打葫芦身即

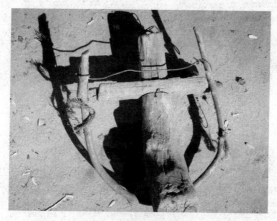

图 3 - 7 拉子 （摄于 2007 年 10 月 13 日）

图 3 - 8 鸡蛋碌子 （摄于 2007 年 10 月 13 日）

可实现均匀播种。

　　锄头，是农民普遍使用的中耕农具，有大锄、小锄之分。大锄头与小锄一样，只是锄把长短不一、锄头大小不一，锄草时大锄主要用来躬身锄、小锄可蹲着锄地。

　　碌碡，多使用于脱粒，也叫"碌碡"，由圆柱形的石碌和木架组成。碌子表面有觚棱凸凹，呈粗糙面，一端大，

图 3 - 9　点葫芦（摄于 2007 年 10 月 13 日）

一端小，呈锥形，或中间略粗于两端的鼓形。锥形为两畜牵引，鼓形的为一畜牵引。随着村民拥有拖拉机数量的增加，牵引也开始用拖拉机，或用拖拉机直接碾压脱粒。

镰刀是国光嘎查村民使用的收割工具，因施用对象不同，有"平刃镰"和"砍镰"之别。平刃镰刀，刀呈柳叶形，镰把略弯，刀头与刀把铆成一体。多用于收割小麦、糜谷等作物。砍镰，刀头较小，有裤，呈长方形，刀把直，与刀裤套结成一体。多用于收割玉米、高粱、大麻子和采割灌木如柳条等。

木锹、木耙、木杈是国光嘎查村民普遍使用的脱粒辅助工具。

木锹具有抛扬分离籽粒和颖壳、收场、摊晒谷物等多种用途。木锹系由一块略有弯度的矩形薄木板和一根木柄组成，外形与铁锹相似，木板一般选用榆、柳木材，锯成薄板，以烤压成形，配以木把。国光嘎查豆类、糜黍、玉米等种植广泛，在脱粒后，全部都用这一工具扬场。

木耙由齿、耙头和木柄组成，全系木质，取硬质灌木枝条如红柳条为材料制作耙齿，等距离地安装在齿床上，一般多为8~9齿。木耙的作用是在脱粒中守成碾打分离秸秆、籽实、颖壳和搂堆积垛等脱粒作业，即使在机械化脱粒时仍然是不可缺少的脱粒辅助工具。

木权是在脱粒中用以翻晒作物秸秆、柴草的常用工具，系由权和木柄组成。权齿所用材料多选用硬质灌木条如红柳制作，加热压曲、略有弯度。将做好的权齿固定长30厘米左右的齿床上，一般4齿，齿床中央安木柄即成。村民也有从榆、柳树选用天然树权，略加修砍成的二股权，制作虽然简单原始，但坚固耐用，故为人们所沿用。

筐箩、簸箕、筛、扫帚这些工具是国光嘎查村民在场院脱粒作业中常用的手头工具。筐箩、簸箕，除柳编厂生产外，农家也有自行编织的，形式规格多样。

石碾是一种传统的粮食加工装置，以石为原料制作，下有碾盘，上有石磙与碾盘中轴相连。用于碾去糜黍、谷子的皮壳，或将黍米压成粉末状。石碾使用历史悠久，国光嘎查是盛产糜黍、谷子的地方，这种工具以前很多，现被机械动力粉碎机所取代。

石磨是国光嘎查地区古老的磨粉工具。石磨也以石料制作，两扇磨盘，下盘固定，上盘通过中轴与下盘相连，有放米磨眼。使用时驴、骡拉动。谷物进入能转动的上扇和固定的磨台上下扇之间，被研磨粉碎，推落在磨台上，用簸箕收取过箩分选，箩下的细粒成粉，残留的粗料圪糁再行研磨。石磨在人民公社化时期逐渐被机械动力磨粉工具取代，现已较少使用。

铡草刀（见图3-10）是农村为牲畜制作草料的主要生产工具，人民公社化时期有木质铡槽的铡草刀，之后

图 3 - 10　铡草刀（摄于 2007 年 10 月 13 日）

逐渐被经久耐用的铁质铡槽的铡草刀代替，现在国光嘎查养殖牲畜的部分村民家庭仍备有铡草刀。铡草刀结构简单，利用杠杆原理，一口大铡刀，铡刀头固定在铡槽的一头，铡刀尾端有半尺长的铡刀把，铡草时把草放在铡槽中，用力压下铡刀把，反反复复，就可以为牲畜切碎草料。铡草刀现已被饲料粉碎机取代，也有少数村民仍在使用。

（二）农业机具改进与生产效率提高

国光嘎查最早开始使用马犁时，得跟 3 个人，1 天可完成 16 亩的翻地与播种。1970 年生产队开始用"东方红"拖拉机翻地，当时全高力板镇仅 1 台，一天可完成 100 亩的耕地作业，村民认为主要是东方红牵引的机械犁"带着 100 多个铧子"。20 世纪 80 年代，嘎查里开始有农户购买四轮车，如前任嘎查达曹秀成家 1989 年就买了四轮车（也称"小四轮"），当时家里有园地，父母种园地比较成功，曹秀成初中毕业就开始给家里开四轮车卖菜。

当时来说，"小四轮"还不是很普遍，因为富裕农户毕竟很少，2000 年之后，"小四轮"才普遍起来。2007 年课题组初次调查之时，村民称："现在普遍用四轮，1 天可翻地 40 ~ 50 亩，有 1 个驾驶员就足够了。"2009 年补充调查时，村民开始用 804 型、824 型、904 型等大型农机翻地。村民说 1 天能翻 40 ~ 50 亩，但不用"像大队用东方红那时起早贪黑地干"。

至 2009 年补充调查时，全国光嘎查仅 824 型大型农机就有 3 台，四轮车 292 台，三轮车 3 台，于长友说"大约 90% 的村民都有四轮车"。可以说国光嘎查已经实现了个体农户的耕作机械化。大型农机效率如此之高，所以一些村民开始专门给高力板镇乃至整个科右中旗的农户耕地，如村民杨贵臣的女婿 2007 年秋天花 12 万元买了一台 904 型农机，春耕时给全科右中旗的农民翻地，翻 1 亩地 15 元，连翻带旋则是 17 元。嘎查支书曹秀成认为，现在全国光屯 140 多户在种地，实际有 10 个"小四轮"就足够。如果能实现土地整合，全屯实行规模化经营，"就跟过去'大帮工'一样，给农场种地"，全屯能省下 130 个四轮的钱。曹认为"现在土地整合国家政策是老百姓自愿，所以现在没办法整合"。访谈人员与曹秀成计算了一下规模经营后的产出。以邻近地区黑龙江作为比较，其每亩玉米产量比本地能高 50 公斤，每公斤以现价 1.2 元计，如果以黑龙江模式经营，全村能多收入将近 1.8 万元；同时投入也能减少很多，尤其是能极大地节约劳动力成本，可以说既增加了收入又减少了投入。据此，曹认为"现在国家对老百姓太随便，口太大"，即种地太自由。

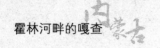

八　典型调查

（一）种植业支出情况

从对国光嘎查 2007 年 22 户村民种植业支出调查（见表 3－7）可以看出，单户年最高支出 7240 元，最低支出 94 元，平均支出约为 2493 元。平均支出中，主要为种子、化肥、农具支出，其中化肥支出 995.7 元，占总支出 39.9%；种子支出 502.5 元，占总支出的 20.2%；农具支出 497.8 元，占总支出 20%。此外，燃油支出，也占有相当高的比例。

（二）种植业投入情况

从国光嘎查种植业投入情况统计（见表 3－8）看，参与调查的 22 户村民中，拥有 1 辆摩托车的有 10 户，拥有 1 辆农用三轮车的有 4 户，拥有 1 辆拖拉机的有 12 户。22 户人家共有牛 20 头，马 14 匹，驴 2 头，骡子 2 头。摩托车每户平均投入 1487 元，最早购买时间 1997 年；农用三轮车平均每户投入 1896 元，最早购买时间 1999 年；拖拉机平均每户投入 4338 元，最早购买时间 2000 年。

（三）种植业收入情况

从国光嘎查 2006 年种植业收入调查统计（见表 3－9）看，调查的 22 户村民中，单户最高收入 45000 元，单户最低收入 3000 元，平均收入 17364 元。平均收入中，粮食作物收入 13159 元，占平均收入的 75.8%；经济作物收入

表 3 - 7　2006 年国嘎查 22 户典型村民种植业支出情况统计

项目\户	种子 价格(元)	种子 数量(斤)	化肥 价格(元)	化肥 数量(斤)	农药 价格(元)	农药 数量(斤)	地膜 价格(元)	地膜 数量(斤)	农具 价格(元)	农具 数量(个)	燃油 价格(元)	燃油 数量(斤)	维修 价格(元)	维修 数量(次)	单户总计
第1户	100	600	10	1000	10	100	10	50	4	50	100	1000			2800
第2户	60	4	1	90											94
第3户	64	240	10	1400		200									1840
第4户	100	4	4	500							4	500		80	1084
第5户	50	200	2	230							50	200			630
第6户	100	400	4	500		300					60	250			1150
第7户	4	200	5	550											750
第8户	50	5	6	135											440
第9户	20	200	2	200		20									400
第10户	80	350	1000	1400											1750
第11户	50	150	6	250	1	40					100	200		100	720
第12户	100	5	6	120					2			400			525
第13户	1000	500	50	1400					1	11000	800	2400			4340
第14户	100	5000		5000											21000
第15户	1000	1000		1300		300						1000		400	4000

续表

项目／户	种子 价格(元)	种子 数量(斤)	化肥 价格(元)	化肥 数量(斤)	农药 价格(元)	农药 数量(斤)	地膜 价格(元)	地膜 数量(斤)	农具 价格(元)	农具 数量(个)	燃油 价格(元)	燃油 数量(斤)	维修 价格(元)	维修 数量(次)	单户 总计
第16户															0
第17户	60	180	200	200											380
第18户	80	320	350	525						200					1045
第19户	60	300	5	600		50				100		200			1250
第20户	200	400	5	600							2000	1000			2000
第21户	100	500	20	2400	20	140					1	1000			3900
第22户	100	1000	30	4500					5	100		1000		500	7240
合计	2378	11558	1720	22900	31	1150	10	50	12	11450	3115	9150	0	1080	57338
平均	103.4	502.5	74.78	995.7	1.35	50	0.43	2.17	0.52	497.8	135.4	397.8	0	47	2492.957

资料来源：根据课题组问卷调查资料统计。

表 3 - 8　2006 年国光嘎查 22 户典型村民种植业投入情况统计

项目/户	畜力种类				机械种类									单户总计
	骡(只)	马(只)	牛(头)	驴(只)	摩托车			农用三轮			拖拉机			
					数量(辆)	购置年代	价格(元)	数量(辆)	购置年代	价格(元)	数量(辆)	购置年代	价格(元)	
第 1 户		1									1	2007	1060	1060
第 2 户		1												0
第 3 户		1	6		1	2003	4000				1	2002	9800	13800
第 4 户					1	2006	3000				1	2003	5000	8000
第 5 户					1	2004					1	2000	12000	12000
第 6 户								1	2000					0
第 7 户		1		1							1	2004	9200	9200
第 8 户	1										1	2003	8700	8700
第 9 户					1	1997	3200							3200
第 10 户								1	2005	30000				30000
第 11 户		1		1										0
第 12 户					1	2007	4000				1	2005	10000	14000
第 13 户					1	2006	4000	1	2007	11000				15000
第 14 户					1	2007	1000	1	1999	2600				3600

89

续表

项目 户	畜力种类				机械种类									单户 总计
	骒 (只)	马 (只)	牛 (头)	驴 (只)	摩托车			农用三轮			拖拉机			
					数量 (辆)	购置 年代	价格 (元)	数量 (辆)	购置 年代	价格 (元)	数量 (辆)	购置 年代	价格 (元)	
第15户					1	2007	5000				1	2006	6000	11000
第16户					1	2006	6500							6500
第17户		2									1	2006	9800	9800
第18户		1	14		1	2001	3500							3500
第19户		3												0
第20户	1	1									1	2006	11000	11000
第21户											1	2005	9400	9400
第22户		2									1	2002	7800	7800
合计	2	14	20	2	10	20044	34200	4	8011	43600	12	24049	99760	177560
平均	0.087	0.6087	0.87	0.087	0.4	871.4783	1486.96	0.17	348.304	1895.65	0.52	1045.609	4337.39	7720

资料来源：根据课题课题组问卷调查资料统计。

90

4205 元，占平均收入的 24.2%。国光嘎查总户数 352 户，总人口 1201 人，据此计算，国光嘎查种植业人均年收入 5000 元左右。

表 3 – 9　2006 年国光嘎查 22 户村民种植业收入调查统计

单位：元

项目　　户	粮食作物	经济作物	总收入
第 1 户	4000	18000	22000
第 2 户	16000	3000	19000
第 3 户	12000	4000	16000
第 4 户	10000	2000	12000
第 5 户	16000	1000	17000
第 6 户	10000	3000	13000
第 7 户	18000	2000	20000
第 8 户	13000	3000	16000
第 9 户	21000	1000	22000
第 10 户	14000	2500	16500
第 11 户	2000	1000	3000
第 12 户	8000	4000	12000
第 13 户	10000	3500	13500
第 14 户	40000	5000	45000
第 15 户	14000	3000	17000
第 16 户	8000	1000	9000
第 17 户	6000	800	6800
第 18 户	8000	2000	10000
第 19 户	3495	3505	7000
第 20 户	20000	6200	26200
第 21 户	16000	3000	19000
第 22 户	20000	20000	40000
合　　计	289495	92505	382000
每户平均	13159	4205	17363

资料来源：根据课题组问卷调查资料统计。

第二节　畜牧养殖业

据蒙古族老人白嘎达讲，国光嘎查历史上是以畜牧业为主的地区，自牧场被开垦后逐渐走上农业生产为主的道路。以前，国光嘎查村民养殖的种类相对单一，进入 20 世纪 80 年代，随着粮食产量的提升，养殖由家家户户的"副业"转变为个别农户的"专业"。目前国光嘎查成规模的养殖可分为牲畜和家禽两类，养牲畜主要是养羊、猪、牛，养家禽主要是养鸡、鸭、鹅。

一　养羊

农业社时，国光嘎查养羊很少，因为当时羊不值钱。实行家庭联产承包责任制后，当时的国光大队也随之解散，有农户购买了生产队的羊，这时国光嘎查才开始有专门的养羊户。如高升屯的李长明，他 13 岁就开始放牧，即 1990 年其父带他来"老道铺"① 上放羊。农业社时，"老道铺"是大集体的铺。1988 年，李长明的父亲将大队的羊和铺买下，当时铺 500 元，40 只羊每只 110 元，共花了 4900 元。当时养的羊都是肉用羊，品种为本地山羊②。那时"老道铺"上也没有耕地，只能放羊，李长明家每年冬天打草，

---

① 屯里大片的土地一般称作铺，放羊的称牧铺，种地的叫农铺，蒙语称陶布。过去如果某家羊在家里放不下，找个没人的地方，在野甸子放羊，就叫在铺上放。李长明所住之地为"老道铺"，以前过霍林河去高力板时，酒厂边有个桥，去高力板只能走一条老道，所以老道北边被称为"老道铺"。

② 当时鸡蛋是 0.1 元/斤，现在是 5 元/斤，换算过来也近 100 元，但李长明说当时那个价就是便宜。

夏天放牧，基本上一年四季都在铺上。据李长明讲，自己搬来后，又有 14 家先后搬到铺上，也都是跟大队承包的地。

当时放羊基本没啥投入，所以李长明在给自己放羊的同时还给别人放羊。一只羊一年收入 2~3 元，最多时自家 100 多只，给别人放 100 多只，给别人放羊一年能挣 200 多元。后来开始也养绒山羊，收入主要变为卖羊和卖绒，一年收入总共能达到 2000~3000 元。

图 3-11 罕见的散养羊群（摄于 2009 年 8 月 9 日）

2001 年本地开始禁牧①，到了 2003 年李长明开始尝试给羊喂青储秸秆，但羊对青储饲料还有个适应过程，"绵羊还行，山羊刚开始喂容易胀肚子，还掉毛"。所以禁牧之后

---

① 据高力板镇政府档案记载，为了确保季节性休牧和全年禁牧顺利实施，高力板镇政府成立了高力板镇护林护草及禁牧大队。护林护草及禁牧大队责职：对全镇牧场建设、保护和利用情况进行监督检查，测定草牧场载畜量，制止过度放牧，专抓舍饲禁牧工作，落实草牧场管护建设的有关政策，调动广大农牧民舍饲养畜、科学养畜的积极性，对违反禁牧规定的行为，依法及时予以处罚。

李长明一年四季还在这陀子上放牧。访谈人员问"羊被抓了怎么办",李长明说"抓着算了"。可以说,现在的禁牧让村民把大帮放羊改为小帮放(见图 3-11)。有关政府官员将这种屡禁不止的原因归结为:牧民们"白天抓就晚上放,东边抓就西边放"。每次被抓要罚金 200~300 元,如果抓住没钱,羊就被没收。村民所知的是"旗草原站、林业公安和新佳木保护区都来管,但嘎查里不管"。以前罚一次要抓走 5~8 只羊,现在只冲一个羊群里的种公羊抓,因为每只种公羊价值 2000~3000 元。在此种形势下,李长明就不断卖羊,以前的 100 来只卖到现在只剩下 42 只,到 2009 年 2 月,李长明将所有的羊都承包给了老公司嘎查的苗凤艺,苗给李长明的租金是 1 只羊 1 年 50 元。李长明认为,"对于环境保护,如果农业控制住,放牧没啥事。破坏环境不是羊破坏,是人破坏,比如大家都知道开荒不好,但都在开"。

李长明将自己这几年的经历简单概括为:一开始来到铺上放羊和种地,但以牧业为主;禁牧之后开始向以农业为主、以牧业为辅转变,2007 年开始大面积种地;而且在这一年,李长明与国光嘎查委员会协议承包了铺上的 740 亩地,承包期 22 年,共 2 万元,一次性付清,包括 500 亩的林地、100 亩荒山、100 亩农田。2009 年林业局直接给了李长明 500 亩的树苗,1 亩地 150 棵,共 7000 多棵,植树由国光嘎查负责,林业局给补贴。这样,按李长明的话说"现在主要是种树"。据访谈人员了解,植树造林如果项目多,每亩地补贴能达到 220 元,村民所知的有:退耕还林每亩 160 元,属三北防护林的第四期,每亩 40 元。因为现在都是刚种的小树苗,李长明还能在林地中套种庄稼(见图 3-12)。李长明估计,自己以后只能以林业为主,"现在这地也就种 3 年，等树起来就不能种"。以前那 14 家也都是牧户，现在也都开始栽树。树成材后所有权归村民，但采伐时得有采伐证。现在林地里栽的都是杨树，但树长起来后还可以搞养殖，养鸡、鸭、鹅等。据旗里干部介绍，本地百姓现在还没有意识种经济林木，像李长明这种属扶持造林，也属于扶贫项目，有相应的项目补贴。

图 3 - 12　林木与作物兼种（摄于 2009 年 7 月 17 日）

李长明在铺上放牧的同时还在种地，据他说是 40 亩，但旗里一位干部给总结的是，"能种的一亩没有，但愣往进种"。这 40 亩地投入种子、化肥共 2000 元，年头好能收 100 袋苞米，年头差 20 袋。现在铺上能种的地是别人投资、李长明打理，主要种打籽瓜，因为只有打籽瓜、荞麦、绿豆等作物才在荒地种。2008 年算好年头，李长明分得 2 万元收入。这些地投资得 7 万 ~ 8 万元，从 2008 年开始，李长明共投资 3600元打上了水泥管井，为种庄稼和植树改善了水利条件。

此外，嘎查村民几乎每家都养 7 ~ 8 只羊（见表 3 - 10），冬天自己放，夏天放到别人的铺上。也有的交给羊倌放，一只羊每月 7 元，共放 5 个月，如果 7 只羊，总共要给羊倌交 245 元，按 2008 年的销售价格，最低每只 300 元，最高 600 元。绒山羊与绵羊略有不同，一般每家都养十几只绒山羊，一只绒山羊能挠绒 2 斤左右，以每斤 90 元计，一只羊卖绒收入 180 元，卖羊收入 400～600 元。村民养羊也不用购买饲料，放养就可以解决，因此村民很多时候是冬闲时节就放羊。

除了专门养羊的外，还有一些村民专门收别家的羊，收上短期育肥后出售。这种养羊规模一般 100 只左右，主要买上嘎查里的羊，育肥 40 天出售。以 2009 年的市场价格，每只羊 400 元，以 100 只计，买羊的投入就得 4 万元。平时喂羊主要用酒糟和饲料。一只羊一天 2 斤酒糟，一斤酒糟 0.2 元共 0.4 元，一天饲料费用 2 元。这样一天共投入 2.4 元，40 天共投入 96 元。育肥之后销售，每只羊售价将近 600 元，这样 100 只是 6 万元，减去 4 万元的购羊成本和 9600 元的育肥费用，纯获利 10400 元，利润还是比较可观。此外一些村民收羊后不进行育肥，而是直接销售。1999 年时全旗牛羊价普遍偏低，曾是高升屯村民的冯向阳开始在高力板镇到巴彦胡硕镇之间收牛羊。收羊的投入主要是雇车费，当时一辆小解放车一天一趟的费用是 100 元；一趟拉羊 60～80 只，一只羊时价 150～200 元，所以一天一趟拉羊的成本，最少投入 9000 元，最多投入 16000 元。冯向阳把羊拉到巴彦胡硕镇后卖给冷库，一只羊最少赚 10 元，最多赚 50 元，这样计算最少一天赚 600 元，最多是赚 4000 元。如果所收羊数量太多且距离较近，就直接赶到冷库。冯向阳称运气最好时买了一群羊共 380 只，挣了 1.2 万元，这趟买卖是与人合伙，两人各分得 6000 元。当时冯向阳特别高兴，忙完就叫了一帮哥们去饭店庆祝了一番，按他的说法是"去小吃铺大吃了一顿"。收羊一年后，本地牛羊价开始上涨，冯向阳也就不再收羊。

表3－10　2006年国光嘎查100户村民养羊情况调查统计

单位：户

内容 选项	养羊数量			饲养类型		
	10只以内	10~20只	20~30只	放牧	圈养	请人代养
户　　数	85	13	2	60	10	30
养羊总数	1070只左右					
户平均数	10只左右					

资料来源：根据课题组问卷调查资料统计。

二　养猪

本地虽然没有养猪专业户，但家家都养猪2~3头（见表3－11）。农家猪分当年猪和隔年猪。当年猪喂5个月，出栏时200斤左右。隔年猪喂一年，出栏时300斤左右，前者主要是卖，后者主要是自家吃。一个3口之家一般是每年农历正月时捉养一个猪仔，到当年12月杀猪，吃到第二年的5月份，如果家境好就再宰一头。现在有了冰柜，过五月节①也要杀一头。村民养猪一般都不喂饲料，苞米也自家产，猪仔是自家老母猪下的，所以养猪基本没啥投入，但如果猪仔也得买，饲料也得喂，情况就略有不同。如村民杨贵臣，他家卖了两头大猪。当时一只猪仔280元，两头共花了560元。喂了8个月又买了200元的饲料，这样两头猪共投入760元。出栏时，两头猪共600斤，卖了3000元，

---

① 端午节。

这样一头猪的纯收入就是 1120 元。再如养羊的牧户李长明家也养猪，4 头猪的猪仔有两只是 330 元，另外两只是 150 元，共计 930 元，喂到现在买了 1 袋饲料 60 元，还投入 3000 元的苞米。李长明说如果卖，这四头猪能卖到 4000 元，这样算来养猪基本不挣钱。李长明家的猪主要是自家吃，"自己喂的猪猪肉比买的香"。

像养羊中有专门收羊进行短期育肥一样，养猪的也有专门进行短期育肥的。一般育肥 5 个月后出售，规模 50 头左右，这里以 50 头计；一只猪仔以较低价 200 元计。平时的投入是喂猪的苞米和饲料，一头猪 5 个月共投入 450 斤苞米，200 斤/袋的饲料 1 袋。2009 年苞米每斤 0.8 元，饲料 1 袋 400 元，一头猪共需 360 元的苞米，400 元的饲料，这样一头猪共需投入 1160 元。育成之后一头猪净重约 200 斤，以猪肉时价每斤 5 元计，一头猪毛收入 1000 元，这样 1 头猪养半年得倒贴 160 元，50 头得亏损 8000 元。如果是自己家吃且喂自家产的苞米，一头猪就仅需投入 400 元的饲料钱，这样一头猪养半年就挣 600 元，但实际猪仔和苞米也是有成本的，所以村民认为"养猪的还不如卖肉的"。这些计算均以 2009 年的价格为基础，该年猪肉价格低，冯向阳认为"这都是金融危机和猪流感闹的"。

表 3-11   2006 年国光嘎查 100 户村民养猪情况调查统计

单位：户

内容 选项	养猪数量		饲养类型		
	10 头以内	10~20 头	放养	圈养	请人代养
户　　数	92	8	0	100	0
养猪总数	395 头左右				
户平均数	4 头左右				

资料来源：根据课题组问卷调查资料统计。

三　养牛

　　国光嘎查村民养牛较少（见图 3 - 13），2008 年仅有 210 头，一般每家 1 头，既做畜力，也卖牛奶（见表 3 - 12）。新任支书曹秀成认为这几年的禁牧政策让农户养殖向少而精的方向发展，更注重效益了。前任支书于长友以前就是以养牛发家。于长友 1975 年高中毕业，但 1977 年恢复高考时还因为自己是四类分子而没能参加高考，按他的话说是"没等到 1979 年邓小平取消阶级成分的限制"。1982 年农业社解散，村民分户单干后，于长友发现本地的资源优势在于草场丰富，因此在离国光不远的黑树林买了 14 头牛。当时每头牛 200 ~ 300 元，按最低价算也得 2800 元，于称这笔"巨款"为借款。如果以鸡蛋的价格进行换算，当时每斤 0.087 元，现在每斤 5 元，那 2800 元就相当于现在的 160920 元；如果以猪肉的价格计算，当时是每斤 0.79 元，现在是每斤 13 元，2800 元相当于现在的 46075 元。考虑到调查之时科右中旗猪肉价格较低，那么 2800 元相当于 2009 年的 100000 元。这么大的一笔钱有赖于于长友的东挪西借。当时于的同学在农业银行当会计，帮于从银行贷了 800 元。该同学同时又以私人借款的形式借给于长友 500 元。大头解决之后，于又想办法从其他亲朋借足余下的钱，买了 14 头肉牛。于长友与妻子初到黑树林时，只能在牛圈边睡觉，过了 20 多天才勉强盖起一个土房。条件虽然艰苦，但这些牛一年纯收入 2.4 万元，1992 年于长友养了 10 年牛后回国光时已挣了 24 万元。1992 年时一只绵羊 80 元[①]，山羊 50

---

① 1982 年时一只绵羊价格为 8 元。

元，如果以绵羊价格计算，2009 年一只绵羊 450~600 元，按最低 450 元算，24 万元相当于 2009 年的 135 万元，简直是百万富翁。调查时，访谈人员没有做详细估算，只跟于说他应该属当时的百万元户，于称那时刚提出"打万斤粮、做万元户"，所以自己属于全嘎查第一的十万元户。

图 3-13 少见的牛群（摄于 2007 年 2 月 27 日）

1992 年于长友回来国光嘎查后，花 8 万元买了一辆东风车搞运输。开始于长友雇司机，一月工资为 500 元，当时的小学教师工资仅每月 200 元，因此这个工资算是很高了。于长友的线路是从科右中旗周边收羊牛，送到沈阳、锦州屠宰，虽然这些城市比较近，但因当时道路较差，3~4 天才能跑一趟。当时拉牛一组一挂能拉 19~20 头，死亡很少，羊能拉 120 多只，偶尔会挤死 1~2 只。收一头牛 500~600 元，一只羊 70~80 元，这样一头牛能收入 70~80 元，走一趟收入 2000~3000 元，一只羊能收入 15 元，走一趟收入 1500~2000 元。往沈阳走拉牛羊，回科右中旗时拉米面、水果和蔬菜。回程拉的这些货物不压车，而且在科右中旗也短缺，回来销售价钱能翻一倍，这样每趟还能再收入 1000 元左右。合并计算后，当时每年总收入 4 万 ~ 5 万元。

表 3 – 12 2006 年国光嘎查 100 户村民养牛情况调查统计

单位：户

内容\选项	养牛数量			饲养类型		
	0 头	10 头以内	10 ~ 20 头	放牧	圈养	请人代养
户 数	16	82	2	9	50	25
养牛总数	110 头左右					
户平均数	1 头左右					

资料来源：根据课题组问卷调查资料统计。

四 家禽饲养

按照村民的话说，国光嘎查是"鸡、鸭、鹅都养，但不成规模"。（见表 3 – 13 ~ 表 3 – 15）每家养鸡鸭鹅的总体规模都在 50 只以内。现在养鸡养鸭全是自家抱窝孵化（见图 3 – 14），一窝 40 只，一般都得养两窝，因为成活率不是

图 3 – 14 带小鸡的母鸡（摄于 2009 年 8 月 13 日）

很高，两窝 80 只最多也就能成活 50 只。不过养鸡养鸭的成本较低，饲料、禽仔都不用花钱，所以基本不用额外的资金投入。鸡鸭长成后基本是卖一半、吃一半，卖的话每只 20～30 元。现在的农村禽蛋是论个卖，一个 0.7～1 元左右。以李长明家为例，共养 30 多只鸡，10 只鸭，6 只鹅，禽蛋每年带来的收入将近 300 元。

表 3-13　2006 年国光嘎查 100 户村民养鸡情况调查统计

单位：户

内容 选项	养鸡数量				饲养类型		
	10 只以内	10～20 只	20～30 只	30 只以上	放养	圈养	请人代养
户　　数	3	36	55	6	0	100	0
养鸡总数 户平均数	2460 只左右 25 只左右						

资料来源：根据课题组问卷调查资料统计。

表 3-14　2006 年国光嘎查 100 户村民养鸭情况调查统计

单位：户

内容 选项	养鸭数量				饲养类型		
	10 只以内	10～20 只	20～30 只	30 只以上	放养	圈养	请人代养
户　　数	40	52	8	0	0	100	0
养鸭总数 户平均数	12510 只左右 12 只左右						

资料来源：根据课题组问卷调查资料统计。

表 3-15　2006 年国光嘎查 100 户村民养鹅情况调查统计

单位：户

内容 选项	养鹅数量				饲养类型		
	10 只以内	10～20 只	20～30 只	30 只以上	放养	圈养	请人代养
户　　数	60	37	3	0	0	100	0
养鸭总数 户平均数	8500 只左右 8 只左右						

资料来源：根据课题组问卷调查资料统计。

　　截至 2004 年，高力板镇养殖专业户已达 716 户，全镇家畜总数达到 112250 头（只），建设小库伦 105 处，种草 1.65 万亩，种青贮饲料 1.31 万亩，建设标准化棚圈 750 间，青贮饲料 3200 万斤，打储草 177 万斤，储备秸秆 7457 万斤。2006 年，国光嘎查牲畜存栏情况：大牲畜 263 头，其中，牛 73 头，马 124 匹，驴 31 头，骡 35 头；小牲畜 1979 头（只），其中，绵羊 905 只，山羊 531 只，猪 543 头；2007 年，国光嘎查牲畜存栏共 4000 多头（只）；2008 年全嘎查有牛羊 3886 头（只）。

五　放养方式

　　现在国光嘎查家畜和家禽的放养基本一样，都以舍饲圈养为主，但传统来讲，牛羊的放养较有特色。传统放牧方式主要有赶牧、领牧、天牧和瞭牧：赶牧，即牧人在畜群后面或侧面看护牲畜，这种放牧方式可使牲畜自由择食；领牧，牧人走在畜群前面，看着牲畜采食，控制畜群行进速度；天牧和瞭牧是针对牛马等大牲畜，即十来天才查看一次，对牲畜的管理很粗放。从放牧的队形上分，有满天星式和一条鞭式两种：一条鞭式是指牧人将牲畜排成一列，让畜群左右缓慢进退；满天星式是指牲畜均匀散布在草场上，牧人任由牲畜自由采食，形成星罗棋布的队形。实际放牧中，牧民为了让牲畜吃好，又适当利用草场，会依据草场、牲畜、季节等因素经常变换放牧队形。一般刚出牧时采用一条鞭队形，待牲畜吃饱后，则散开呈满天星队形。

　　此外，传统上大畜与小畜的放养也有不同讲究。

　　大畜冬春季节要选择牧草种类多、生长良好、能避风的坡南低洼地。风雪天更要坚持出牧，争取让牲畜吃饱吃好，减少脂肪消耗。夏秋季节，选择地势高、干燥通风、

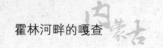

水源近的草场，尽量使其多采食、多休息，缩短游走时间。放牧时，还要严防驱赶过急而致使牲畜出汗。

小畜要四季跟人放牧。春季是接羔季节，放牧要早出晚归，将羊群赶到近处的向阳坡。为防止羊乱跑抢青，一般牧人都走在羊群前面，挡住头羊，将羊群稳定。初夏时节牧草全部返青，要把羊群赶到较远的牧场，使其充分利用草场。盛夏气候炎热，为防止羊群密集成堆，要将其放于宽敞通风、蚊蝇少的牧场。秋季气候凉爽，牧草结实，为了延长放牧时间，要把羊群赶到较远牧场。入冬后，因气候寒冷而选择向阳或低洼的牧场。

在传统放牧为主的时代，各家为避免自家牲畜走失或与别家混淆，还给马、牛、羊做一特殊的烙印或剪耳记号，以标明其归属。马的烙印做在马的左腿外侧大腿板上，用印章似的金属印模打印，印模上刻有各种图案，有鱼形、海螺形、玉形等。牛在两岁时打烙印、剪耳，公牛则在割骟时同时进行。羊主要用剪耳或涂抹标记。剪耳的形状主要为鞘形，即仿马鞍子上的鞘形剪成。涂抹标记主要是用墨汁或红色颜料在羊身上涂抹成为独特的印记，因此忌讳雷同，比如甲家羊群先用了"一"字形黑色标记，那么后进的乙家羊群可以用红色的"一"字形，或者黑色的"/"形等，以避免相互间混淆。

六 牲畜繁殖

牲畜繁殖的主要工作有配种、控制繁殖和保胎接产。

（一）配种

配种方法有自然交配、人工辅助交配和人工授精。要想繁殖牲畜，特别要掌握好配种的时间，羊在春秋两季，马要在三月，驴要在四月，牛在 5 ~ 6 月，因为这是羊、马、驴和牛各自的发情时节。猪常年发情，所以配种时间限制较少。以牛群来讲，其繁殖应躲开冬季和早春，以保证仔畜的成活。为不失时机让母牛受胎，要及时将种公牛放进畜群中，到了农历 6 ~ 7 月再及时将种公牛隔离开。而羊的怀孕期约为 5 个月，当地一般习惯于清明左右接春羔，故需在立冬前后、霜降时将公羊放进母羊群。配种时，各种牲畜公母比例不同，如羊群中公、母羊的比例，农谚中说："十母配一公，产羔总不停。"

（二）控制繁殖

控制牲畜繁殖的方法主要是对牲畜进行阉割。马一般到四岁时割势，多在春季进行，最好的日子是正月初五或三月初，二月二十四也可以。割势的工具有刀子、木夹子、木刺针。去势时将马按倒后，用木夹子夹住马的睾丸，然后用刀子切开，挤出睾丸，用木针刺入睾丸挤下来。牛到两岁时可进行割势，每年农历三月间进行，工具主要是刀子，其具体手术过程与马类似。羊一般在产羔后一个月时间进行割势，再晚会遭到蚊蝇的感染，引起生蛆。给羊去势较简单，一人按着，一人用刀割开，将羊的睾丸挤出拧掉。割势时要留种羊，一般以保证 1 只种羊对 30 ~ 40 只母羊。对猪的割势为卵巢摘除术，可分为"大桃花术"和"小桃花术"两种。一般在腹下或胠部开刀的叫"大桃花"，多用于喂养 3 个月左右、体重 15 公斤以上的母猪。"小桃花"是对喂养 50 天左右、体重 15 公斤以下的小母猪在腹胠部开刀。无论哪种方式，术后刀口均不必缝合，提起猪的

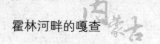

后腿稍摆动一下，放开即可。

（三）保胎与接产

在牲畜繁殖中，保胎和接产也是重要环节。对役母畜要注意保胎，一要注意使役，二要加强饲养，三要注意饮水和食料。一般而言，如果牲畜产羔时没有患病，或出现特殊的产羔困难，是不需要请兽医的，如对母羊接产时，只要避免因天气太冷将羊羔冻死即可。

七　疫病防治

本地牲畜所患疾病大致可分为常见病和传染病，有一些常见病本身就是传染病。

（一）常见病及防治

牛的常患病有五号病、大肠杆菌病、绞虫病、沙结、肺疫和各种寄生虫病。大肠杆菌病属消化系统疾病，该病多发于牛犊，感染途径主要是通过消化道系统，另外母牛分娩前后营养不足，厩舍阴暗潮湿，通风不良，卫生条件差，气候突变等也能促使发病或使病情加重。绞虫病的临床表现为患畜高烧、流泪、贫血，尤其淋雨后容易死亡。沙结能直接导致患畜丧失消化功能，死亡率较高。患沙结的主要原因是本地草不高，牛吃草时很容易连土带草根一起吃下去。兽医说主要现在草场退化太厉害，牛经常放牧就易患此病，如果是圈养吃饲料就好多了。牛的肺疫感染后，流行过程很长，患病后要采取封、隔措施，对有临床症状的病牛全部捕杀，清理畜群。

羊的常患病有羊痘、羊绞虫病和各种体外及体内寄生虫病。以前羊痘主要是发生在绵羊群中，现在山羊痘也多了起来，此病在本地常有发生，病羊隔离后要紧急治疗。羊绞虫病与牛绞虫病类似，临床表现为高烧、流泪、贫血，瘦弱者容易死亡；该种病属于虫体感染病，近几年才开始出现，患病原因主要是农民预防意识不强，发生后才给患畜治疗，提前不进行预防。体外寄生虫病以草箅子为主，主要是这几年天气干旱，该种寄生虫容易传播。因体外寄生虫而起的病还有羊疥癣，临床表现为羊掉毛。每年春天都要对羊进行药浴，有预防性药浴和治疗性药浴两种。体内寄生虫以羊肝吸虫病为主，羊肝吸虫属羊肠道寄生虫，以前主要是灌硫酸铜治疗，现在牛羊的各种寄生虫都用伊维菌素驱治，效果很好。此外，牛羊较为常见的小病是感冒。

猪的病比较杂，猪肺疫、猪丹毒、猪瘟是三大传染病。猪丹毒不太严重，猪瘟只能预防。猪患猪瘟后体温升高，减食或废食、战栗，先便秘，后下痢；该病一年四季均可发病，春秋多发，染上死亡率能达到95%。此外猪也易患感冒，患病后不吃食，需要打针治疗。

马的常患病主要是消化系统疾病、三号病、绞虫病、传染性贫血和炭疽。炭疽病是人畜共患的烈性传染病，发病率高，发病季节多为4~10月，高峰期在6~8月，偶有1月发病；现在此病基本得到了控制。传染性贫血是马较易患的一种病，其次是骡子，再次是驴；该病一年四季均可发病，高峰期在7~8月；特点为暴发、传播快、死亡率高。

家禽病患主要有霍乱和鸡新城疫，以鸡患居多。霍乱属细菌传染病，死亡率达80%，但可以用大量的抗生素治疗。鸡新城疫又叫鸡瘟，属病毒性传染病，不能治疗。兽医张杰说病毒感染不能治疗，细菌感染可以治疗。如果出现鸡、鸭、鹅全死就是细菌性传染病，如果只是死鸡就是病毒性传染病。

狗的常见病以狂犬病和消化道疾病居多。狂犬病可以说是最古老的人畜共患传染病，国光嘎查家家养狗，时有小孩被别家狗咬伤之事，如果不及时打疫苗，很容易引患狂犬病。

（二）传染病及防治

据高力板镇兽医张杰的回忆，1963 年冬，本地发生了"5 号病"① 疫情，当时全镇牛、羊、猪都传染，不过该病死亡率不高，牲畜能自愈。"5 号病"属病毒性传染病，患畜临床表现为烂嘴、烂舌头、烂蹄子。当时兽医站的防治措施是给染病牲畜灌中药，注射青霉素，控制感染。此例病原发病死的较少，主要是继发病死亡，一般体质瘦弱、抵抗力弱的牲畜容易引发心肌炎死亡。

1967 年本地发生过大规模的绵羊痘，当时基本上全高力板地区的牲畜都感染了，染病牲畜死亡率近 15%。此病是病毒性感染的传染病，患畜临床表现为畜身长痘。当时疫情一出现兽医站就采取了紧急措施，将病羊隔离，给未染病羊打羊痘疫苗。当时羊属于生产队的财产，患畜一旦死亡就挖坑埋掉。此后年年预防，这几年再没有发生此类传染病。

1972 年秋，本地出现过牛气肿疽病，导致国光大队死了近 20 个牛犊。该病属于细菌性传染病，只在 3 岁以下的

① "5 号病"，指口蹄疫。

小牛犊间传染，致死亡率极高。当时兽医站对于未患病的牲畜注射气肿疽疫苗，对患病牲畜进行隔离。

就近几年的传染病发生情况，兽医说，"5 号病这几年经常发生"，他认为主要原因是防疫措施不到位，疫苗虽然常打，但一些兽医素质较低，对于疫苗使用缺乏专业知识，尤其是对于疫苗适用的时间、温度、疾病类型等不了解。该兽医还认为此种情况与旗防疫站有直接关系，"现在的防疫体系不行"，因为以前一旦出现传染病，都要去哈尔滨、兰州等地去做鉴定，现在则没有这些做法。

（三）土法治疗

在长期放牧生活中，村民们积累了一些治疗牲畜疫病的土法。

1. 放血

牲畜易患热病，村民们用放血的方法对其进行治疗。一般在牲畜的颈静脉或前脑放血，等黑血流完，出现鲜红的血时再止住。再如马患瘸腿病时，村民要在其充血部位用针刺小口，放出一些血；如果看见血存在蹄内，还必须将蹄壳刺破放血。还有一种是疯病，患这种病的马，仅走路不太正常，无其他症状，也可采取放血治疗。如果猪上火后眼睛模糊、浑身发热、眼角膜变黑，村民会用线将其角膜拉起，然后剪一小口令其出血，左右双眼都剪；此外还要把猪的耳朵剪去一点，令其放血；还有用锥子扎猪的四个蹄子，令其出血。据说此种土法很有效果。

2. 刺烙

有时马患了毒草病，其胸口前端和两处前腿的上部突然肿胀，行动不便，这时在肿部周围用烧热的铁器轻烙，

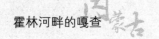
再在肿部上面烧一个"十"字花，然后在十字交叉处刺一个小眼，使黄水流出，病就能痊愈。又如，当马得鼠疮时，也用烧红的铁器刺其患处，再涂上狼毒药。如果长了蛇疮，也是用刀切开脓头，再用烧红的铁器烙之。

3. 其他土方、偏方

马在春天吃了土，很容易在眼角肉（皮下）处生骨刺，其症状是不断地张闭眼睛或闭着眼睛走路，有时打滚或卧着。疗法是用穿线的针，从眼皮骨下穿针，再用刀子摘出骨刺即好。马患尿塞症，其症状是排尿困难，卧下后就爱四肢向上，对此，将烟油注入尿道便可治愈。对牛的病，也有各种土法治疗——像生虱病，秋季出汗的牛、春季较瘦弱的幼畜都容易生虱，先从颈部生起，严重时遍及全身。如果用毡子盖披在牛身上，因毡子带有刺鼻的酸味，虱子很快就会死去。羊的绦虫病，最好的治疗方法是让羊多吃野葱，绦虫就会成团排出，夏季多吃碱也能起到一定的预防作用。

第四章　社会生活

各族村民虽然居住在同一个嘎查，由嘎查党支部和嘎查委员会统一领导，进行着几乎同样的经济生产，但源于不同的历史传统和风俗习惯，其婚姻家庭和饮食起居都表现出各自的特点。国光嘎查是科右中旗少有的汉族嘎查，由汉、蒙、满三个民族构成。由于满族在嘎查里仅占2.8%，因此本章重点介绍汉族和蒙古族。

第一节　婚姻家庭

一　婚姻

调查之时，村民普遍认为，现在嘎查内部村民通婚比较少，有些年轻人去外地打工"领回媳妇"的较多，但基本上还是以本旗通婚为主。村民在婚姻方面，蒙古族与汉族之间的差异尤为明显。

（一）婚姻类型

据调查，新中国成立以前国光嘎查以包办婚姻为主，婚姻形式较多，有从表婚、收继婚、交换婚、入赘婚、买卖婚等。新中国成立以后，尤其《中华人民共和国婚姻法》

颁布以后，自由恋爱逐渐成为一种潮流。据高升屯老人冯中国估计，"农业社"时代国光大队一半左右的婚姻是出自自由恋爱，且大多是大队内部的通婚，男女双方也比较熟悉。具体形式是双方父母觉得合适，男方找个中间人出面提亲。此时新中国成立前的各种婚姻形式虽依旧存在，但从根本上发生了变化。以从表婚为例，该种类型婚姻为"两姨亲"或"姑舅亲"之间通婚，尤其姑舅家结亲要比其他人有优先权，一般情况下"姑做婆"的多，"舅做公"的少，这种近亲婚姻在新中国成立以前以蒙古族居多。但到了 20 世纪50 ~ 60 年代，从表婚中"两姨亲"较多，"姑舅亲"偏少。当时国家已经开始宣传近亲结婚的危害，所以若不是姑娘嫁不出、小伙子娶不到，或者实在是为了加强两家关系，就不会有这种从表婚。蒙古族老人白嘎达估计，从表婚在当时婚姻总数中能占到 3% ~ 5%。汉族老人冯中国认为当时汉族村民中很少有这种婚姻形式。

　　收继婚、交换婚和入赘婚方面，蒙古族和汉族情况各不相同，尤其蒙古族的情况较为复杂。收继婚，也叫转房，具体是如果丈夫死了，寡妇可以嫁给小叔子。收继婚主要是出于对整个家庭的考虑，丧偶者一般会考虑到配偶家的家人特别好，或者为了孩子的幸福。一般是寡妇嫁给小叔子，也有姐夫娶小姨的，收继婚在当时婚姻总数中能占3% ~ 5%。交换婚，也叫换亲，指两家的兄妹或姐弟相互交换结婚。20 世纪50 ~ 60 年代的交换婚主要是因为"阶级斗争"这个大的时代背景，地主的成分差，孩子不容易找到对象。如果某家地主的孩子大龄①后还没找到对象，就要

────────────

① 25 岁之后。

找一家成分较好的进行交换结婚。因为成分较好的也是家境特别贫穷的，因此其子女也是不容易找到对象的。这种婚姻必须是两家都分别有儿子和女儿才能实现，交换婚在当时婚姻总数中能占到10%以上。入赘婚即男子进女子家，在岳父母家中劳动生活，成为女方家庭的一员。在以体力劳动为主的农牧区，如果某家只有女儿，或者家中生活条件较差，需要添补劳动力，就需要招赘。一般"大姑娘"招赘的少，"老姑娘"①招赘的多，此种婚姻在当时婚姻总数中能占10%以上。对于这三类婚姻，汉族老人的回答是："汉族是过去少，现在也少。而且尤其计划生育政策后，每家几乎都一个孩子，结婚男女两方就得共同赡养父母，无所谓招赘不招赘了。"

比较特殊的是买卖婚。村民说"本地没有买卖婚"，这是指纯粹为了经济利益而结婚。正常的嫁娶婚聘，一般而言并无经济含义，随着人们对彩礼的重视，后来逐渐演化为变相的"买卖婚"。新中国成立以前，本地村民结婚的聘礼要用牲畜来兑现，同时也有相应数量的金银首饰、绫罗绸缎、毡包车辆、肉奶酒茶、日用杂品等。据蒙古族老人回忆，传统蒙古人定亲时，首先就要把彩礼谈拢，彩礼既有物品，也有现金。在改革开放之初，对于物品当时要"四大件"，即收音机、自行车、手表和缝纫机。彩礼钱当时多的要5000元②，最少也得1000元，当然也有完全不要的，但是很少，属于极个别情况。据白嘎达估计，当时这种变相"买卖婚"能占50%～70%，有的父母就冲彩礼就

---

①　"大姑娘"，姐妹中最大的；"老姑娘"，姐妹中最小的。
②　个别有要8000元的。

把姑娘嫁了出去。所以对于蒙古族村民，50岁以上那一代人的婚姻基本上是由父母包办。当然有极个别的自由恋爱婚姻，如今年78岁的汉族老人冯彤云与蒙古族妻子结婚时，仅花费150元，当时女方的条件是要他给做件衣服。即使20世纪90年代后，仍旧有买卖婚。村民传言有家女方向男方索要20万元彩礼钱，男方相中女方后就尽力筹钱置办，"这就相当于父母跟姑爷要养育姑娘的钱"，村民如是评论。

对于汉族而言，在20世纪50年代初很少有买卖婚。以高升屯68岁的汉族老人冯中国为例，他结婚时准备了点瓜子、糖、茶水，在生产队里举行了简单的婚礼仪式。当时都没有举行娶亲仪式，新娘直接由两姨亲的兄弟姐妹①等送了过来，由主婚人②说了些祝福的话就结束了。三中全会刚结束那几年与农业社时期差不多，后来条件逐渐好了，讲究也多了。尤其20世纪80年代中期以后，汉族村民结婚时女方开始要东西——"三大件"：自行车，缝纫机和手表。"现在③一般女的要四轮车，要砖瓦房，要彩礼共约10万元"。再如高升屯的李长明，妻子是蒙古族，1999年结婚时按蒙古族礼进行筹办，当时彩礼8000元，婚礼花了1万元。李长明戏称就买了一个"家用电器"录音机，还是用干电池的；就置办了一件家具——立柜，还是请木匠打的。据支书于长友回忆，2000年时本地男子娶媳妇的花费也就是3万元，近2~3年突然涨了起来。他认为是近2~3年本地生活水平提高了，尤其是以前每家农业税得缴2000~3000元，现在农业税取消了还发给2000~3000元的补贴，这就相当于多收入

①　称新亲。
②　当时是新娘娘家的哥哥。
③　2009年。

4000~5000元。在"老道铺"的一位老人告诉访谈人员，现在本地男青年结婚，娶个媳妇得花费8万元，包括小汽车、砖房、全套家电、"三金"①，还有1万~2万元的彩礼。

从对国光嘎查100户村民现有婚姻类型调查统计（见表4-1）看，现在的婚姻类型以自由恋爱结婚和经媒人介绍结婚为主，调查的100户村民均对上述两项做出了选择。

表4-1 国光嘎查100户村民现有婚姻类型调查统计

单位：户，%

选　项	调查结果 村民选项	比　例
有从表婚	0	0
有交换婚	2	2
有收继婚	0	0
有入赘婚	3	3
有自由恋爱结婚	48	48
经媒人介绍结婚	47	47

资料来源：根据课题组问卷调查资料统计。

（二）择偶标准

中华人民共和国成立前，国光地区村民择偶标准主要是"门当户对"，父母的意见对青年男女择偶有决定性的影响，而家长所看重的主要是对方的经济条件和社会地位。此外汉族村民择偶能否成功、婚姻是否幸福、男女能否相配，还有一整套关于生辰八字和属相方面的习惯和标准。据嘎查老人回忆，男女属相是否搭配在两家定亲时非常重要，属相不合在旧时是绝对不能婚配的，即便是在现在，青年男女如有属相相克之嫌，双方的家庭都免不了有些踌

---

① 金戒指、金耳环、金项链。

踌，甚至因此不能走进婚姻殿堂。如何推算八字，这属于风水先生的专利，一般村民难知其详。

新中国成立以后，"门当户对"的择偶标准受到很大冲击，男女双方已不太看重对方的家庭背景和富裕程度。比如78岁老人冯彤云与妻子就是通过自由恋爱而结婚的，妻子称当时主要看中了冯彤云个人能干。再如杨贵臣的妻子当年也是看上了杨贵臣的能干，按她的话说是"不但是种菜园子好，老头干啥都行"。到了20世纪60~70年代，青年男女择偶标准加入了一些政治因素，当时"出身好坏"成为找对象的重要指标。青年在择偶时，"贫下中农"、"几代红"之类的出身是一个颇有分量的条件。当时，出身好的一般找出身好的，而出身不好的地主、富农的后代在择偶时较为困难，据蒙古族老人白嘎达回忆，当时地主家儿子单身的特别多。村民认为，这种从政治标准、家庭出身、社会关系方面考虑的婚姻，实际上仍然是一种变相的"门当户对"。

表4-2　国光嘎查100户村民结婚时购置生活用品调查统计

单位：户

结婚的年代	调查户数	调查内容及村民选项												
		自行车	手表	缝纫机	收音机	收录机	洗衣机	电视机	冰箱	电脑	小四轮车	摩托车	小汽车	上述内容均为添置
20世纪50~80年代	55	30	35	24	20	17	21	22						20
20世纪80~90年代	28	25	28	10		26	22	15	2					0
20世纪90年代以后	17						11	17	13	3	13	15	2	0

资料来源：根据课题组问卷调查资料统计。

　　20 世纪 80 年代，随着改革开放的推进，国光嘎查村民的经济收入逐渐提高，青年男女的择偶标准也发生了较大的变化。尤其是随着外出打工青年的增多，个人的才能、收入、文化水平、相貌身高、道德品质等成为找对象的主要参考标准。此时尽管父母意见仍然有一定的影响，但青年男女的个人条件成了最主要的考虑因素。但是，与此种重视个人条件相伴随的是女方对于结婚时物质条件的提高（见表 4-2）。20 世纪 80 年代中期以后，村民结婚时女方要的自行车一般是飞鸽、永久、凤凰等品牌，时价 200 多元；缝纫机，一般是飞人、蝴蝶、蜜蜂等品牌，时价 200 元左右，当时的解放牌算差的，基本上没人要；手表一般是上海表，当时价格 100 元左右。此外，女方还会要皮箱或木箱，这既可以找木匠做，也可以到商店买。找木匠一般自备材料，不用花钱，而去商店得花费 70 元左右。冯中国老人的大儿子冯向臣 1992 年结婚，据老人回忆，当时"三大件"已经开始被逐渐淘汰。自行车当时还要，但缝纫机和手表已经不兴要了。当时大儿媳要了时价 1500 元的 17 英寸彩色电视机和时价 500 元的洗衣机。当然，此时男女双方的择偶标准也讲究"门当户对"，而这种"门当户对"的具体含义是双方是否有工作。冯向臣当时在粮站工作，女方也在粮站上班。当时也有夫妇双方男方有工作而女方没工作的，但比较少。而如果女方有工作、男方却没工作，这种情况双方结合的可能性几乎为零。

　　20 世纪 90 年代以后，嘎查青年逐渐淡化了"门当户对"的传统择偶标准，个人的家庭经济、外貌能力及道德品质成为最重要的三个因素。课题组对男女青年各 24 名择偶标准的调查结果（见表 4-4）显示，家庭经济状况仍然是男女青年择偶的主要标准。女青年的择偶标准一般是家庭条件、文化程度、收入、才能、相貌身高、道德品质；男青年的择偶要求一般为相貌、贤惠、忠实、理家能力等，这些标准的重要程度在择偶过程中因人而异。

　　对于现代年轻人的择偶标准，老一辈人有自己的看法（见表4－3）。冯彤云老人的妻子认为现在找对象首先要看对方是否有工作，此外还得能干，因为即使父母给挣很多钱，自己不好好干，最后还是"守不住"。老人就见过有爹妈手上钱很多，但自己经常打麻将赌钱，很快就输完的。而杨贵臣老人认为，现在男女双方择偶标准变化主要表现在对物质条件要求得高了，别的方面变化不大。所以对于男方，除了要看家庭条件，对于个人能干不能干、勤快不勤快、踏实不踏实等也是重要的考虑因素。对于女方，主要看本分不本分，会不会孝敬老人，会不会打理家务，在外下地干活如何等。

表4－3　国光嘎查100户村民对子女择偶标准调查统计

单位：户,%

选　项 项　目	对儿子择偶标准选择		对女儿择偶标准选择	
	选择数量	比　　例	选择数量	比　　例
家庭经济状况	80	80	95	95
门当户对	73	73	89	89
对方人品	100	100	100	100
对方父母人品	80	80	100	100
对方外貌	82	82	55	55
对方文化程度	34	34	75	75
对方能力	20	20	100	100
对方孝敬老人	95	95	30	30

资料来源：根据课题组问卷调查资料统计。

表 4 - 4　国光嘎查男女青年各 24 名择偶标准调查统计

单位：户,%

选项 项目	男性选择情况		女性选择情况	
	选择数量	比例	选择数量	比例
家庭经济状况	20	83.3	24	100
门当户对	21	87.5	15	62.5
对方人品	24	100	24	100
对方外貌	24	100	17	70.8
对方文化程度	11	45.8	20	83.3
对方能力	8	33.3	24	100
对方孝敬老人	23	95.8	18	75

资料来源：根据课题组问卷调查资料统计。

（三）结婚年龄

据嘎查老人回忆，新中国成立以前本地早婚现象严重，尤其是"童养媳"结婚更早。如白嘎达的大哥 1928 年出生，1945 年 17 岁时就结了婚，18 岁有了第一个孩子。新中国成立后，尤其是《中华人民共和国婚姻法》颁布后，本地早婚现象很少了。如冯中国老人 1967 年结婚时 25 岁，其妻当时 21 岁。课题组调查的 100 户村民中，20 世纪 50~60 年代结婚的女性多为 19~21 岁，男性 20~22 岁；20 世纪 70~80 年代结婚的女性多为 20~22 岁，男性 20~23 岁；20 世纪 90 年代结婚的女性多为 19~23 岁，男性 20~24 岁。

（四）婚嫁习俗

一般而言，结婚由求婚、订婚、娶亲、送亲、婚礼、回门等内容构成。在国光嘎查，因蒙汉杂居生活，婚嫁习俗呈现相互融合的现象。比如农业社时代，按冯彤云老人的话讲说是"那时都没礼了"，结婚仪式也比较简单，因为

"毛主席不提倡大操大办"。尤其是像国光这种汉族嘎查，蒙汉两族的婚礼仪式当时几乎一致。即使这样，在具体的程序上也各具特色。

1. 汉族婚嫁习俗

20 世纪 60 年代时，国光大队内部通婚较多。具体是：如果青年男女双方父母觉得两家比较合适，先由男方找个中间人出面提亲。两家老人①聚到一起并在男方家吃一顿饭，主要的目的就是确定结婚，俗称"订婚"。按冯中国的话说，"当时婚礼简单，双方父母同意，两人同意就能选个日子办婚礼"。对于汉族村民来说，当时都很少有人要彩礼。在正式结婚那天，男方准备了点瓜子、糖、茶水，举行简单的婚礼仪式就算结婚，当时甚至都没有娶亲的程序。如冯中国夫妇俩结婚时，新娘由娘家的两姨哥哥等送到了冯家。婚礼中最隆重的也就是主婚人讲点祝福的话，之后新人回新房。当时偶尔也有闹洞房的，但极为少数。当然这是女方离男方家较近的情况，如果女方家离男方家较远，男方就得给吃顿饭。这顿饭有些讲究，如上菜必须是双数，少者 8 个菜，多者 12 个、14 个、16 个，最起码 4 个碗、4 个盘，前者有炖羊肉、红烧肉、肉丸子、炖猪排，后者有炸肉段、锅包肉、炒蒜薹、炒芹菜。娘家送亲来的长辈必须在炕上摆桌坐，平辈的都在地下摆桌坐，无论炕上炕下都得有男方家相应的亲戚陪酒。按汉族村民的说法是，"当时喝酒也没啥讲究，喝好为止"。他们认为"蒙古族人喝醉了才表示诚实，汉族人一般适可而止"。招待完之后，女方送亲的当天就回家。当时结婚虽然大都不办喜宴，但好朋友和亲戚要给送礼物，如买脸盆、

---

① 青年男女的父母。

镜子等，均摊到每个人身上就相当于 0.5 元的礼钱。2009 年再次调查之时，本地随礼最低 100 元，最高 500 元。

结婚当年春节时，新婚夫妇得上女方主要亲属家拜年，而且得"拿东西"。"拿东西"一般是四样，称作"四彩礼"，当时主要是糕点、酒、茶叶和水果。拜年时，女方家的长辈要给新婚夫妇压岁钱。据村里老人回忆，当时最好的人家也就是给 50 元。如果以羊的价格计算，当时每只 20 元，现在[①]一只 500 元。那么 50 元就相当于现在的 1250 元。大多数的人家给 10 元，相当于现在的 250 元。

农业社解散、改革开放后，尤其是进入 20 世纪 90 年代，一些具体的婚礼仪式变得讲究起来。汉族结婚开始有了娶亲[②]的程序。娶亲队伍由男方的姐姐、妹妹、嫂子等 7 个平辈女亲属组成，虽然阵容较大，但不需要携带多少礼品：给女方带两条排骨带腰条的猪肉[③]，再带宽粉和大葱各一小捆，此外还要拿一条烟，因为娶亲队伍到了女方家得给女方的长辈点烟。回来时，女方的叔叔、大爷等直系亲属都来送亲，"除了爹妈不去，剩下的叔叔、大爷、姨姨、舅舅，能去的尽量都要去"。新娘的弟弟必须坐在旁边，称"押车的"。娶亲回来时，男方还得给"押车的"10～20 元押车钱。娶亲回来之后，新娘要在炕上坐半小时左右，称"坐福"。此时还要在新人的被子里藏把斧子，以取"福"的谐音。之后用红脸盆盛半盆水，往水里扔几个钢镚，让新娘从盆里抓一把，把钢镚捞出来后扔到新房里。这之后就是正式的婚礼仪式，由主婚人主持拜堂、拜父母、给改

①　2009 年。

②　也称接亲。

③　俗称离娘肉。

口钱等①。因为这时的婚礼仪式开始复杂烦琐起来，因此也要求主婚人能说会道，最早多请本地的老师，现在则有专门的职业婚庆公司。举行完这些仪式，"送亲的吃一顿饭、喝一顿酒就回去"。这顿饭一开始大都在家里举办，2005年以后开始在饭馆"包桌子"。如果在家里办，就在院里支个大帆布，搭个帐篷，从供销社花上40元租碗筷炊具等。办完喜事后的第三天，新婚夫妇要"回门"，即在女方父母家办喜宴。一个讲究是当天必须太阳下山前赶回男方家，当然，路途太远就只能住下。

2. 蒙古族婚嫁习俗

可以说，改革开放前蒙古族与汉族的婚礼差别很小，汉族讲究属相搭配而蒙古族不讲究，至多是结婚日子忌与新婚夫妇属相日子相冲。其他大致都相同，以简单节约为准则，如蒙古族老人白嘎达结婚时，只请送亲的吃了顿饭，炒的菜也就是普通的土豆片、豆芽、葱头等。

改革开放后，随着人们经济生活水平的提高，一些传统的婚嫁习俗又被"捡了起来"。

求婚。当地多为男方向女方求婚，很少有女方向男方求婚的。新中国成立前，男子到了婚嫁年龄，父母便为儿子选择中意的姑娘，之后托媒人去说亲，如果女方及女方家长表示有意，媒人与男方家长和求婚者本人便带礼品亲自登门，即正式求婚。现在即使男女双方是自由恋爱，也要找一个媒人去提亲。

订婚，本地也称定亲。男方求婚征得女方同意后，便

---

① 按照村民说法，这些讲究本是新中国成立以前就有的，新中国成立以后都被"扔了"，现在又"捡起来"了。

可举行订婚仪式，这既可在男方家举行，也可在女方家举行。出席订婚仪式的是双方父母及各自的直系亲属，一般是舅舅、姨姨、叔叔或姑姑等，青年男女双方也要见面。两家在订婚仪式上要商定聘礼的种类、数目、兑现聘礼的时间及结婚日期等。聘礼是结婚以前男方赠送女方的彩礼，当地人称"过彩礼"，分过小礼与过大礼两种。过小礼是男方向女方家送上规定数目中的部分聘礼，过大礼是将全部彩礼一次送清。聘礼数量按事先商量好的种类和数量兑现，既有物品也有现金，有时还要列单，如牛羊、家具、车、房、家电、三金等。聘礼对于男方家来说也是一笔不小的支出。现在当地结婚娶媳妇的开销主要有"聘礼、盖房和购置物品"等内容。

从对 22 户村民调查结果（见表 4 - 5 ~ 表 4 - 6）看，儿子结婚时的开销比女儿出嫁的开销大，儿子结婚的开销，选择 3 万 ~ 7 万元以内的户数为最多，选择 10 万元以内的有 1 户。女儿结婚的开销，选择 1 万 ~ 2 万元以内的户数为最多。可见儿子结婚是一个家庭较沉重的经济负担。

表 4 - 5　国光嘎查 22 户村民儿子结婚支出情况调查统计

单位：户

选　项　　　　　调查结果	村民选项统计
1 万元以内	1
2 万元以内	2
3 万元以内	4
5 万元以内	9
7 万元以内	5
10 万元以内	1

资料来源：根据课题组问卷调查资料统计。

订婚之后才能娶亲，娶亲的日子虽然已经在订婚时征得女方家的同意，但结婚之前还得由媒人去女方家再次确认。定亲之后，每年农历七月初二和第二年正月初二，女方必须得给男方做鞋，未过门的女婿则要上女方家拜访未来的岳父母。在订婚以后，男方家还要给女方找梳头父母。梳头父母蒙语也称"磕头父母"，即代表生身父母照顾新娘，相当于结婚时认的干亲。必须儿女双全，与新人属相不犯者才能担当新娘的"梳头妈"。如果结婚后，梳头父母与新婚夫妇两家处得好，两家关系基本上跟亲戚一样。

表 4－6　国光嘎查 22 户村民女儿结婚支出情况调查统计

单位：户

选　项 　　　　调查结果	村民选项统计
1 万元以内	11
2 万元以内	9
3 万元以内	2
5 万元以内	0
7 万元以内	0
10 万元以内	0

资料来源：根据课题组问卷调查资料统计。

娶亲送亲。结婚前一天晚上，新姑爷①和假姑爷②都得到女方家，假姑爷要求能说会唱，因为这天晚上新娘的朋友姐妹等要逗假姑爷，要求假姑爷唱歌，给女方陪送的女孩做猫腰点烟等高难度动作。第二天到了约定的时辰，男方家的娶亲车队就会来女方家接亲。接亲队伍来之前，新郎要在女方家换衣服，此时习俗上女方家的人要尽力抢到

---

① 新郎。
② 伴郎。

新郎的鞋帽等，现在已演变为抢任何物品均可，只要抢到便可以提出各种要求，而此时假姑爷就要想尽办法夺回被抢的东西。在抢夺新郎衣物时，新娘已穿好衣服等待接亲队伍①。接亲队伍一般由姑爷的叔伯或姨娘等至亲组成，要求是男方家能作主的长辈。整个接亲队伍连姑爷和假姑爷一起，人数必须为单数，这样回的时候加上新娘就是双数。如果提前约好了时间，娶亲队伍却因为意外没有按时到达，女方家就会对男方家重提条件。如果没有意外，接亲队伍就可以将新娘接上，返回男方家。这之前，女方家会告诉男方己方送亲队伍的人数，由男方家按具体人数安排车辆。送亲队伍由新娘的直系亲属和亲朋好友组成，一般是尽量都去②。有时女方家也会自己派车送亲，但大部分是女方家送亲队伍坐男方家的接亲车送亲。

婚礼仪式。婚礼当天，娶亲回来后，新郎家院里要铺红地毯或毡子，正中放一大红桌子，桌子上点两盏长明灯、摆水果糕点等，两边放两张椅子让新郎父母落座。婚礼仪式由"支宾"③主持。按照传统，娶亲回来的第一项内容就是梳头父母给新娘梳头。新郎、新娘进屋后，新娘由梳头妈将未婚少女发式改为已婚少妇发式。发式改毕，新郎、新娘向梳头父母敬酒。之后，新郎的母亲要向新娘的母亲赠送厚礼，以答谢对女儿的教诲。结婚程序是先拜天地，再拜父母，最后夫妻双方对拜，以前还要交换礼物如手帕等，现在则是戴戒指，之后送入洞房。这天后，新媳妇要

① 新人的衣服要双方互买。"农业社"解散前，新人的新婚服饰是中山装，现在则是西服，穿蒙古袍的不多。
② 本地个别还有全屯都跟着送亲的。
③ 司仪。

125

在炕上待三天，即传统上的"三天不瞧姑娘"。婚宴是婚礼的又一道程序。男方家要举行正式婚宴，男女双方亲朋举杯痛饮。婚宴结束后，女方的送亲队伍即要返程，送亲队伍出发时，男方还要举行告别宴，欢送送亲队伍，向所有送亲队伍成员敬酒。

婚礼过后三天，娘家的直系亲属要带礼物来"瞧姑娘"，男方家当天中午要招待这些娘家人吃饭。第5天或第6天新婚夫妇二人要带着娘家"瞧姑娘"时所带的礼物回门，礼物数目必须成双成对。此外结婚当年腊月二十三以后，娘家还要再次带礼物去新婚夫妇家"瞧姑娘"。过完年初二后，夫妻二人要回娘家拜年。蒙古族老人白嘎达说："这个规定①比较固定，一般不允许改变。"

根据对22户村民结婚选择婚礼形式调查（见表4-7）分析，选择举办民族传统婚礼的有6户，选择举办现代婚礼的有12户，选择旅行结婚礼的有4户，不办婚礼没有人选择，因此说现代婚礼形式和传统婚礼形式为国光嘎查村民结婚的主要形式。

表4-7　国光嘎查22户结婚选择婚礼形式调查统计

单位：户

选　项　　　　　　调查结果	村民选项统计
民族传统婚礼	6
现 代 婚 礼	12
旅 行 结 婚	4
不 办 婚 礼	0

资料来源：根据课题组问卷调查资料统计。

---

① "瞧姑娘"。

二 家庭

家庭是社会的细胞，家庭组织是社会的轴心，随着社会变迁的到来，家庭也会随之变动和发展。从国光嘎查所得到的信息是，现代家庭正向结构简单、规模较小的核心家庭转化。特别是在人们的观念从多生多育转向优生优育的时候，这种变化更为明显。

（一） 家庭类型

按照一般的分类，家庭可分为传统家庭，即三代同居的大家庭，包括父母、子女、祖父母；小家庭，即核心家庭，是指一对夫妻和未婚子女所构成的生活单位；残缺家庭，包括丧偶、孤寡、伤残等成员。据调查，高升屯随机选择的 35 户中，大家庭有 11 户，核心家庭 16 户，残缺家庭 8 户；国光屯随机选择的 65 户中，大家庭 17 户，核心家庭 46 户，残缺家庭 2 户。

调查（见表 4-8）表明，目前国光嘎查以核心家庭为主，占到 62%，呈现出家庭结构的简单化与家庭规模的小型化。虽说大家庭依然备受称道，且成为村民心目中的理

表 4-8 国光嘎查村民家庭类型统计

单位：户，%

家庭类型	高升屯	百分比	国光屯	百分比	嘎查总计	百分比
大 家 庭	11	31.4	17	26.2	28	28.0
核心家庭	16	45.7	46	70.8	62	62.0
残缺家庭	8	22.9	2	3.1	10	10.0
合 计	35	100	65	100	100	100

资料来源：课题组根据高力板镇派出所提供资料统计。

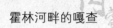

想模式，但小家庭成为国光嘎查家庭类型的主导。大家庭不占支配地位，这是不争的事实。

（二）家庭分工

国光嘎查村民家庭中的日常生活事务由家庭主妇承担，俗话所说的"开门七件事"以及社会交往、人情往来的安排和支出，均由家庭主妇作出决策。按照支书曹秀成的观点，"本地一般是男主外、女主内"，他说自己家也是这样，自己一直在外揽业务，媳妇帮助打理，属于"协管"。从调查结果（见表4-9）看，100户接受调查的村民中，95%选择男主外、女主内的家庭分工，68%选择妻子掌握家庭财务支配权，可以说，嘎查居民家庭中的生产劳动分工，大都遵从男主外、女主内的模式，男性多从事田间劳动或外出打工，为家庭挣得经济来源。妻子在家除照顾、哺育儿女外，还负担种菜、养猪、养鸡、打理财务等家务劳动。

表4-9 国光嘎查100户村民家庭分工调查统计

单位：户

选择项	调查结果 村民选项统计
男主外、女主内	95
妻子掌握家庭财务支配权	68
丈夫掌握财务支配权	27
老人掌握财务支配权	5

资料来源：根据课题组问卷调查资料统计。

（三）亲属称谓

国光嘎查家庭亲属称谓，汉族和蒙古族差别很大，甚至可以说完全不同。

1. 汉族的亲属称谓

同辈间，不管是亲兄弟姐妹，还是叔伯（堂）、姑表、姨表，兄以哥哥称呼，弟以弟弟称呼，姐都叫姐姐，妹都叫妹妹。其配偶分别称嫂子、弟媳或兄弟家、姐夫、妹夫。妻子叫媳妇、老婆、家里的、孩子他妈等，丈夫叫男人、老头子、掌柜的、孩子他爹等。兄弟俩的妻子相互称妯娌，姐妹俩的丈夫相互称连襟儿或连桥儿。夫的兄叫大伯子，夫的弟叫小叔子，夫的姐叫大姑儿姐，夫的妹叫小姑子。妻的兄叫大舅哥，妻的弟叫小舅子，妻的姐叫大姨子，妻的妹叫小姨子。以上称呼均为关系叙述词，当面叫时随夫或随妻。把有姻亲关系的，统称为亲家，有的把女方单列出来，叫亲家母，其中儿女亲家叫顶头儿女亲家，其他都叫亲家。

长一辈，父亲叫爸爸、爹，母亲叫妈、娘。父亲所有的兄长都叫伯伯、大爷，其配偶分别叫伯母、大娘。父亲的弟弟都叫叔叔，也有直接按年龄长幼次序叫做几叔的，其配偶对应于几叔叫几婶。父亲的姐妹按长幼次序通称作几姑，其配偶称作几姑夫。母亲的所有兄弟称作舅，其配偶称作舅妈，所有的姐妹都称作姨，配偶称作姨夫。儿媳妇对公、婆分别叫公公、婆婆或随丈夫叫。女婿称岳父、岳母，有的叫老丈人、丈母娘，有的则以叔叔、婶子相称，也有的随妻子称呼。

长两辈，祖父叫爷爷，祖母叫奶奶；祖父的兄弟按长幼次序均叫做几爷爷，其配偶叫做几奶奶。祖父的姐妹都称作姑奶奶，其配偶称作姑爷爷。祖母的兄弟叫老舅舅或舅爷爷，配偶叫老舅奶奶或舅奶奶。外祖父及其兄弟都称作姥爷或按次序称作几姥爷，外祖母称作姥娘或姥姥；外

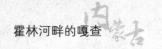

祖父的兄弟配偶也叫姥娘或姥姥，外祖父的姐妹叫姥姑姑或姑姥姥，配偶叫姥姑夫或姑夫姥爷。

长三辈以上，曾祖父辈在祖父辈叫法前头加老或太，如曾祖父叫老爷爷或太爷爷，曾祖母叫老奶奶、太奶奶或老娘娘。高祖父辈在祖父辈叫法前加老老或太老，如高祖父叫老老爷爷或太老爷爷，高祖母叫老老奶奶或太老奶奶。外曾祖父母也同样，在姥爷、姥娘前加老。

晚一辈，儿子称作儿子或小子，儿媳称作儿媳，女儿仍叫女儿或闺女，女婿叫女婿或姑爷。叔伯（堂）兄弟之子叫侄子或侄儿，配偶叫侄儿媳妇，侄女就叫侄女，配偶叫侄女婿。姐妹之子叫外甥小子，其配偶叫外甥媳妇，姐妹之女叫外甥女儿，配偶叫外甥女婿。

晚两辈，孙子就叫孙子，配偶叫孙媳妇，孙女就叫孙女儿，配偶叫孙女婿。侄儿之子称侄孙，配偶称侄孙媳妇，侄儿之女叫侄孙女儿，配偶叫侄孙女婿。外孙子叫外孙子或外甥、小外甥，配偶叫外孙媳妇或外甥媳妇，外孙女就叫外孙女或外甥女，配偶叫外孙女婿或外甥女婿。侄女、外甥女之子女称呼同样。

晚三辈以上，如曾孙、玄孙辈，直系旁亲之子女都叫孙子、孙女，配偶叫孙媳妇、孙女婿。外孙、外孙女之子女都叫外孙子、外孙女，配偶叫外孙媳妇、外孙女婿。

2. 蒙古族的亲属称谓

蒙古族的称谓比较简单，三代以上和以下基本没有什么具体的称呼，即使是三代以内，有的也不再细称，只随男或随女或随近亲叫。具体说来，蒙古族大体有如下称呼：

同辈

兄：阿合	嫂：波日根
弟：都	弟媳：都·勃日
姐：额格其	姐夫：呼勒更·阿合
妹：呼很·都	妹夫：都·呼勒更

堂兄弟姐妹的叫法是在亲兄弟姐妹的称呼前加叙述词"乌耶利得"，如堂兄叫"乌耶利得·阿合"；表兄弟姐妹间称呼是在亲兄弟姐妹称呼前加"布勒"，如表姐叫"布勒·额格其"。

妻子：额和那日	丈夫：额日诺和日
亲家：胡达	亲家母：胡达盖

夫兄弟姐妹、妻兄弟姐妹，除把妻弟叫"呼日·都"，妻妹叫"呼日·呼很都"外，其他均以亲兄弟姐妹前加"哈达玛"相称，如夫兄称作"哈达玛·阿合"。另外，妯娌间互称"阿毕孙"，连襟间互称"古牙巴吉"。

长辈

父亲：阿爸	母亲：额吉
伯父：伊和·阿巴嘎	伯母：伊和·阿巴嘎·额吉
叔父：阿巴嘎	叔母：阿巴嘎·额吉
姑姑：阿巴嘎·额吉	姑父：姑爷阿爸
姨：姨娘额吉或那嘎查·额吉	姨父：姨爹阿爸
舅舅：那嘎查·阿爸	舅母：那嘎查·额吉

父辈堂亲叫法是在父兄弟姐妹前加"乌耶利得"，如堂叔叫"乌耶利得·阿巴嘎"。把公公、岳父叫"哈达玛·阿爸"，婆婆、岳母叫"哈达玛·额吉"，其他则随夫或妻称。

长两辈

祖父：额布格	祖母：额木格

外祖父：那嘎其·额布格　外祖母：那嘎其·额木格

比祖父大的伯祖父称"伊和额布格"，比祖父小的称"巴嘎·额布格"，伯祖母、叔祖母及叔伯关系也同样。

长三辈以上曾祖父叫"额伦其·额布格"或"额布格·阿爸"，高祖父叫"浩伦其·额布格"，始祖叫"翁多日·额勃格"；曾祖母叫"额伦其·额木格"或"额木格·额吉"，高祖母叫"浩伦其·额木格"，始祖母叫"翁多日·额木格"。与曾祖、高祖同族同辈的均在具体称谓前加"额伦其"或"浩伦其"，外曾祖、高祖则在前另外加"那嘎其"，如外曾祖父叫"那嘎其·额伦其·额布格"。

晚一辈

儿子：呼儿　　　　　　媳：呼·勃日

女儿：呼很　　　　　　女婿：呼日更

侄儿、侄女等是在亲儿女前加叙述词"阿其"，外甥关系则在亲儿女称呼前加"介"，只有外甥媳妇省略"呼"。

晚两辈

孙子：奥其或奥木包勒　孙媳：奥其·勃勒或奥木包勒·勃勒

孙女：奥其·呼很或奥木包勒·呼很

孙女婿：奥木包勒

侄孙称谓是在亲孙称谓前加"阿其"，侄孙媳妇叫"阿其·奥木包勒·勃日"；外孙辈则是在亲孙辈前加"介"。

晚三辈以下，曾孙叫"依其"，高孙叫"浩其"，与曾孙、高孙同辈的，均在前加叙述词（如曾侄孙叫"乌耶利得·依其"）和具体类别称谓（如曾孙媳妇叫"依其·勃勒"）即可。

（四）分门立户

前边的统计表明，国光嘎查现在以核心家庭为主。对于一个大家庭来说，长期的共同生活和财产共享，每个兄弟之间的劳动收入与付出难免会出现不对等，势必产生诸多的矛盾，尤其姒娌之间的攀比与计较更容易让此种矛盾升级，所以分家就在所难免。特别是随着改革开放和国家计划生育政策的实行，年轻夫妇的独立性增强，儿童的地位上升很多，随之而来的是老年人权威的减弱，两代人在观念与生活方式上分歧日益增大，这些都促成了分家。据于长友讲，本地如果老人家产多，分配不均就容易在子女间产生矛盾。如村民吴某有两个儿子，大儿子结婚住的是旧房，二儿子结婚是给盖的新房。大儿媳觉得同样是一个家里的媳妇，自己吃亏很大，因此离家出走至吉林通榆。最后由嘎查委员会出面协调，开车到吉林将其大儿媳接回，裁定由吴某补偿给大儿子一家 6000 元矛盾才平息。因此，一般是给儿子娶过媳妇当年，新的家庭就要分门立户单过，分家的时间一般都忌讳在农历 5～6 月，因为盖新房子在这个时节。

等所有孩子都成家立业后，父母要决定跟哪个儿子过，之后只有这个儿子不与父母分家。因为一般是老大先结婚，父母要给老大先盖房子，这样普遍就是老大先分出去单过。

2000 年以前，本地分家是先讲好赡养父母的办法，分出部分田地、财产、房、物等，确保分家后父母有生活保障。兄弟分家有由父母主持平均分配财产的，也有请亲戚或村中正直的人来主持的。或由这些人充当公证人，或在争执不下时进行裁决。根据对 100 户村民分家主持人身份调查（见表 4-10）显示，60% 选择由亲属主持，21% 选择由父母主持。分家时要专写分家书数份，写明分家原因及办法，及每人分得的主要财产清单。之后选择吉日举行分家宴，祭祀并放炮，各人在分家书上签字画押，各执一张，引为凭证。严格按质按量论价、平均分配，这是分家的要旨。在分家时，父母所负外债也同时分给各兄弟偿还，多分财产者也多承担债务。如别人欠父母的钱，由长子负责索还，归后平分。兄弟平分财产一般采取抓阄的办法，以运气定夺，当然也有家庭和气分财，长让幼先行选择。

表 4-10　国光嘎查 100 户村民家庭分家主持人身份调查统计

单位：%

选择项	调查结果	村民选项统计
	亲　　属	60
	父　　母	21
	嘎查干部	19

资料来源：根据课题组问卷调查资料统计。

现在国光嘎查大多情况下结婚即代表着与父母分家，并分开单过。而且，嘎查里已经到了独生子女一代结婚成家时期，分家也就谈不上兄弟间分财产了。

（五）赡养老人

据村里老人讲，以前分家之后，老人如果有劳动能力，一般也都自己单独生活。老人丧失劳动能力后，父母一般和儿子住，其他子女对父母有赡养的责任和义务，也会定期给父母粮食及零花钱等以尽孝心。国光嘎查村民习俗中，老人一般与最小的儿子一起生活。除了老人单独住在一个儿子家，还有一种形式是轮流赡养，即老人轮流到几个儿子家吃住，如果老人患病，子女们共同承担医疗费用。但这种只在汉族家庭中有，且为数较少。此外还有由女儿赡养的，于长友称全国光嘎查有4户（见表4-11）。

表4-11 国光嘎查100户村民老年人晚年赡养情况调查统计

单位：户

选择项 调查结果	村民选项统计
儿子赡养	75
女儿赡养	4
单独生活	21

资料来源：根据课题组问卷调查资料统计。

对于赡养老人，嘎查委员会也有相应的规定。如果老人年老不能种地，儿女优先承包其土地，但如果儿女不给承包费，不赡养老人，就要由嘎查做主承包给别人。这样的事情于长友称每年得碰到10~20例，但这么多年只有一例闹到司法所，不过无论闹到哪最后还得由嘎查委出面解决。于长友说，现在嘎查老人养老，主要靠农村养老保险。前几年本地老人在养老问题上，有的需要孩子给钱，各子女家均摊。现在有粮食补贴、退耕还林补贴和土地承包费。粮食补贴每年每亩37元，人均8亩，两个老人共592元；退耕还林补贴每年1户1000元；土地承包费每亩每年100元，两个老人共16亩地1600元；这样两个老人一年共能得到3192元。看病有合作医疗，基本生存问题又可解决。前几年老人得跟孩子要钱，矛盾多，现在这种矛盾少了。于长友归结为政策好了，矛盾比以前少多了。现在几乎没有父母老年后没有人管的现象，尤其现在孩子少，一家一个，甚至是爷爷一家、姥爷一家及孩子的父母三家共同养育一个孩子，非常珍爱。照看孙子、孙女、外孙子、外孙女，尤其是照看孙子、孙女，成了现代老人晚年的专职职业。

据对国光嘎查 100 户村民老年人晚年活动内容调查（见表 4 - 12）显示，全部选择照看孙子；有 75 户选择继续下地参加生产劳动。

表 4 - 12　国光嘎查 100 户村民老年人晚年活动内容统计（可多选）

单位：户

选择项 \ 调查结果	村民选项统计
照看孙子、孙女	100
继续下地参加生产劳动	75
参加各种文娱活动	2
经常来往于各子女之间	55

资料来源：根据课题组问卷调查资料统计。

（六）财产继承

对于国光嘎查村民来讲，财产主要是粮食、土地和农机用具、住宅、牲畜、少量钱物等。老人的财产继承方式主要有三种情况：第一，长子为主要继承者。家长死后，财产的管理权由长子继承，家庭不散，不分财产，由长子取代原家长的地位。一旦分家，长子可以多分，长子负责为弟弟妹妹成婚置办嫁妆，不过这种情况非常少见。第二，幼子为主要继承人。其特点往往是长子、次子先后结婚，各自带走一部分财产分开居住。主要财产留下由幼子继承，幼子同时负责赡养老人并操持最终的殡丧活动，这种情况以蒙古族家庭居多，也是现在国光嘎查多子女家庭中比较普遍的财产继承形式。第三，女儿继承。现在，女儿不参加财产继承仍然是国光嘎查的传统习俗，只有在家庭无子，招婿入门的"入赘"型家庭中，才由女儿继承财产。据国光嘎查100户家庭财产继承情况调查统计（见表4－13）显示，接受调查的100户村民中，75%选择由儿子继承财产，10%选择由儿女平分继承财产。

表4－13　国光嘎查100户家庭财产继承情况调查统计

单位：%

选择项 调查结果	村民选项统计
儿子继承	75
女儿继承	4
儿女平分	10
其他情况	11

资料来源：根据课题组问卷调查资料统计。

村民认为，从今往后大部分是一家一个子女了，财产继承也简单了，只有一个孩子，也不用考虑财产由谁继承了。在遗产继承上，汉族、蒙古族都一样，一般少有因为继承起纠纷的。一者父母的遗产是跟哪个儿子过，就给哪个儿子；再者村民一般都比较贫穷，也没啥遗产。当然也有老人过世之前不分家，因此给过世后的分家带来麻烦的。对于这种矛盾的化解，有不同的途径。

通过对100户村民就"如果家庭出现矛盾，您采取以下哪种解决途径"这一问题的调查（见表4－14）显示，有40%的村民选择通过亲属协调化解，有22%的村民选择通过村里老人协调化解，有20%的村民选择通过嘎查干部协调化解。

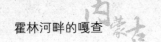

表4-14 100户村民就"如果家庭出现矛盾，您采取以下哪种解决途径"的回答统计

单位：%

选择项	调查结果	村民选项统计
亲属协调化解		40
村里老人协调化解		22
嘎查干部协调化解		20
其他化解形式		18

资料来源：根据课题组问卷调查资料统计。

第二节 日常生活

一 服饰

服饰是传统文化不可分割的一个重要组成部分，同时服饰的变化也表明了村民生活水平的变化。据曹秀成回忆，20世纪80年代村民主要穿"的确良"，年轻人出去当兵拿回家的布料就是村里最好的料子。现在基本上是"电视上有，村里就有人穿，一点也不落后"。整体而言，冬季上身多穿棉袄、鹅绒服、鸭绒服，下身穿棉裤、绒裤，脚穿棉皮鞋、棉布鞋；夏季上身多穿短袖、T恤衫，脚穿凉鞋、单皮鞋、单布鞋；春秋季上身多穿长袖衫、下身穿长裤，脚穿单布鞋、单皮鞋。女子服装颜色比男子服装颜色鲜艳。

虽然科右中旗的蒙古族聚居比例较高，但在服饰传统上，居民着蒙古袍的较少，尤其近几年更是以现代服饰为主，仅根据穿着打扮已经不能十分清楚地辨别穿着者的所属民族了。虽说人们现今的穿着打扮已大致趋同，但蒙古族对本民族传统服饰大都是神往留恋、充满敬重。

　　参与调查的蒙古族村民表示，他们平日里都穿着现代服饰，即使在重要的日子和隆重的场合也很少有人穿戴民族服饰。在本地，人们看到的穿着民族服装的场合更多是礼仪接待或有什么活动要求穿民族服饰的。尤其近几年，经济发展了，人们的生活水平提高了，招商引资、节日庆典等各种各样的活动也越来越多了，活动主办方一般都要求有专门人员穿着蒙古族服饰。

　　蒙古族老人白嘎达说，随着经济的发展，民族服饰、民族文化逐渐被重视起来，人们生活好了，开始怀念传统的东西了。加上政府的宣传，人们又开始喜欢和向往民族服饰。鉴于此，课题组对蒙古族服饰进行了调查。据当地人讲，在早年蒙古族服饰主要由"蒙古帽、蒙古袍、坎肩、腰带、配饰"等组成，现就老人的讲述，并结合该地区有关蒙古族服饰资料，对当地蒙古族服饰作一介绍：

（一）蒙古帽

　　圆顶圆檐帽，有圆尖顶、漫圆顶两种，多在室内或参加庆典、过年过节时冠戴。

　　圆顶卷檐帽，当地称之为礼帽，不仅限于蒙古族男子，也受到汉族男性的喜爱。礼帽是在中原毡帽的基础上逐渐演变而形成的，多为男子冠戴。一般用精纺呢料制作，多为黑色、棕色或灰色。帽筒前高后低，帽顶中央稍凹陷，帽筒与帽檐相接处缀以花纹镶边。

　　暖帽，有尖顶、漫圆顶两种。前额有很窄的小檐翻卷，后有帔，内挂貂、獭、银鼠皮，可遮盖颈部，抵御风雪，既保暖又美观。当地人称之为风雪帽，现在大多是老人戴，年轻人很少戴。

据说,帽子一直以来就是蒙古族人心目中极为尊贵且神圣不可侵犯的饰物,它不仅满足冠戴需要,还被赋予很多象征意义。如帽顶象征一个人的气质和朝气,帽檐象征一个人升腾的气运。关于帽子还有很多的礼俗。蒙古人认为:人之首是智慧之源,而帽子是保护人首之物,礼当至高无上。日常生活中不准乱放或乱扔帽子,忌讳踩踏和迈过帽子,否则被视为对帽子主人的极大侮辱;摘帽后,必须把帽子放在高处;忌讳触动别人的帽子,尤忌随意戴用他人的帽子,还忌同时戴两顶帽子、歪戴帽子和帽檐朝下;放帽子时忌讳帽里朝上或随手乱扔;忌讳戴丢而复得的帽子或在路上捡到的帽子;儿童忌戴猫皮、狍皮、狐狸皮帽;在迎送客人、敬酒、献哈达和参加庆典、集会、祭祀、婚礼等正式场合,都要冠戴帽子,以示郑重、庄严和尊敬。现在,这些习俗不仅存在于蒙古人之中,也被当地的汉族人认可与接受。

(二)头巾

头巾多为女子使用,已婚或上了年纪的中老年女性佩戴居多,当地年轻女性和儿童少年喜爱佩戴颜色艳丽的头巾。

(三)蒙古袍

蒙古袍是蒙古族服饰中最具代表性和标志性的民族服装。依据面料,蒙古袍可分为皮袍、布袍、绸缎袍;根据季节,可分为棉袍、皮袍、夹袍、单袍;依据性别,可分为男袍和女袍。夏季穿单袍,春秋穿夹袍,冬季穿皮袍或棉袍。青年男子多喜用靛蓝、宝石蓝、黄褐、浅棕颜色面料，中老年男子则多用深棕、深绿、深紫、藏蓝等颜色的面料。一般来说，男袍比女袍简单大方，衣扣多用刻有吉祥图案的铜扣或银扣。女袍比男袍精致考究，颜色以红、浅蓝、乳白、粉、绿为主，老年妇女多喜欢墨绿色。蒙古袍的颜色具有丰富的象征意义，白色标志纯洁、吉祥和富庶，红色标志幸福、高贵和向上，蓝色标志雄俊、诚实和智慧，绿色标志繁荣与富有，黄色标志崇高与永恒。

蒙古袍的穿戴有很多讲究，如穿袍子时敬酒、端茶不能捋袖，平时不能袒胸露颈；袍子的下摆不能从锅碗瓢盆上扫过，在劳动时下摆要系到腰带里；不能随便跨越、踩踏衣领，折叠、存放和赠与他人袍服时衣领必须向上，进家脱衣服放置时，衣领朝西北方向，不能冲门；衣服的里襟是福襟，可用来擦手以得福气；存放袍子时，前襟要朝上，朝下是死人的衣服；忌讳穿蒙古袍不结扣，而且蒙古袍的扣子必须是自己系的疙瘩扣；忌讳把大襟夹在腰带中，禁穿无扣子的衣服或向他人赠送无扣子的衣服；忌穿他人未穿过的衣服、特别是忌讳男子穿袍不扎腰带或随处乱扔腰带、用腰带结扣等；赠送蒙古袍是最高礼品，若要缝制新的蒙古袍送给孩子或青年人穿着时，一般由长者手托装满奶食糖果的盘子高声朗诵祝颂词，赞美新袍并祝福年轻人，还要在衣领上涂抹一点鲜奶，把盘中的食品分散给众人。虽然嘎查里上了年纪的蒙古族人大都熟知这些穿着礼仪与要求，但年轻人中知晓的不多。

（四）腰带

这里所说的腰带不是现代人系裤子的裤带（皮带），是穿着蒙古袍以后，围系在腰部的带子，具有保暖和保护作用。

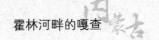

腰带上可以佩挂很多随身应用的物件，便于携带和使用。

当地已婚妇女大多不扎腰带。男子的腰带比较宽，缠在腰间后方，把两端左右两侧绾一结，下垂穗子。腰带的颜色为绿、黄、杏黄、宝石蓝等颜色，青年男女则更喜爱橘红、翠蓝、黄绿、紫红等颜色。因腰带是配合蒙古袍使用的，所以其境况与蒙古袍的境况是一致的。

（五）坎肩

坎肩是一种罩在上衣外面的装饰性无袖短衣，男女皆可穿。其种类很多，有长坎肩和短坎肩之分，亦有开衩和无开衩之分，此外还有男女之别以及日常生活穿着和礼仪场合穿着等区别。坎肩的款式有大襟的、对襟的，有左衽的、右衽的，有有领的、无领的，有前后开衩的，也有两侧开衩的。一般都由绸缎缝制，而且用大量的库锦、彩虹条、金银线条进行镶边，用金、银、铜、宝石、珊瑚钉扣袢，缝制工艺十分讲究。

据调查，坎肩在本地区仍很流行，蒙、汉、满各民族居民不论男女都喜欢穿坎肩，尤其是女性对坎肩更为青睐。

（六）裤子

裤子有单裤、棉裤、皮裤、套裤（一种无裆无腰、上用系带系在裤腰上的裤子）等，面料有棉和皮等。当地冬季气候寒冷，棉裤和皮裤现在仍是当地人最好的防寒服装。

（七）男子佩饰

男子的传统配饰品主要有褡裢、鼻烟壶、烟荷包、火镰、蒙古刀、耳环、手镯等，现在当地已较少使用，在个别居民家作为收藏品偶有所见。据村民讲，在嘎查里很少能见到男子佩戴配饰，最多是偶尔看到戴戒指的，其他褡裢等配饰已退出历史，多数人都不认识，更别说佩戴使用了。

褡裢，是装鼻烟壶和哈达的长方形竖口小袋子，用布帛缝制，绣有各种花鸟动物，四周用库锦、金银曲线、彩虹条镶边。褡裢的一头装鼻烟壶，一头装哈达，悬挂在腰带左前侧，起到装饰作用。

鼻烟壶，它不仅是盛放鼻烟的容器，也是用于相互问候的礼仪工具。其造型多系扁圆、溜肩、底大颈小的矮扁瓶。材料有玛瑙、玻璃、水晶、银、玉、石、瓷、木等材料。有内绘花与外刻花两种工艺。上等鼻烟壶盖多为银制，上面镶嵌有珊瑚或松石大圆珠，盖上自带一个形如挖耳用的小勺，可以伸进鼻烟壶颈部的细孔里，从中挖出鼻烟。

在蒙古族居民中，有朋友见面时交换鼻烟壶的礼节。两人各掏出自己的哈达和鼻烟壶，将哈达的口（指折叠出两片的那面）面朝对方，架在自己的手腕上，右手拿着鼻烟壶，把哈达搭在对方的手腕上，用右手把鼻烟壶递过去。对方用左手接鼻烟壶，各放于右手，在手心里旋转一圈后，再递送到对方的左手中，哈达搭到对方的手腕上，这样各自又把鼻烟壶和哈达相互交换了回来，同时口中不停地互致问候。笔者曾有幸见到此问候礼的全过程，问候人的优美、娴熟的动作与节奏堪称一绝。据老人讲，现在过年过节时，偶尔还能见到以鼻烟壶相互拜年问安的情形。

烟荷包，有荷叶形、桃形、葫芦形、番茄形、椭圆形、心形、长条形、菱形等。荷包的上端和下端都有库锦镶边，正面有美丽的花卉、草木、蝴蝶等。少女到十二三岁时，开始向母亲学习针线活，再大一些就独立绣制荷包。绣荷包有各种规矩，如绣制禽鸟图案时，先绣头身，后绣翼尾；绣花草时，先绣枝叶，后绣花朵。如不按顺序绣制，则认为不吉利。荷包可以装鼻烟壶、烟草等物品，也可作为信物和礼品相互馈赠。据村民讲，现在年轻女子中，很少有会制作烟荷包的了，烟荷包已失去其原有的作用，偶尔在婚礼上见到的烟荷包，也大多是工艺品厂的产品了。

（八）女子装饰

女子的装饰主要以金、银、珍珠、珊瑚、玛瑙、翡翠、琥珀、绿松石、青金石等贵重材料制作而成。装饰品的种类和式样繁多，加工技术极为精湛，是难得的艺术性和装饰性相结合的民族瑰宝。女子传统佩饰主要有钗簪、耳环、耳坠、发辫、发髻、手镯、戒指等，虽说都属于蒙古族传统服饰的一部分，但现在是"不管哪个民族的女人都使用"。

钗簪，是绾头发的一种首饰。钗多为金、银、玉制作，工艺简繁不一，造型以龙凤、花鸟、蝴蝶、蝙蝠状为多，当地已婚女子多用钗来盘发髻。簪多为银制，柳叶形居多。根据调查统计，接受访谈的 100 户村民中，有 70 户村民说自己家的老人经常佩戴钗簪，年轻女子一般很少佩戴。可以说，在国光嘎查钗簪的佩戴以老年妇女为主。

耳环和耳坠。当地蒙古族人称耳环为"额莫格"，多以银制，再镂以各种图案，有的还镶嵌各色宝石和珊瑚，小巧玲珑。耳坠是用银片和圆柱形或圆球形珊瑚串起来的一种饰物，长 3 ~ 5 厘米。每边耳朵佩戴 2 ~ 4 只，多者戴 8 只。耳环和耳坠以前多为未婚女子所戴，根据调查统计，接受访谈的 100 户村民中，有 90 户村民说，家里不论是女儿、妻子还是上了年岁的长辈都经常佩戴耳环和耳坠。可以说，在国光嘎查村民看来，耳环和耳坠的佩戴在老年妇女、年轻女子中的比例均很高。

发辫和发髻，根据年龄与婚否等情况的不同又有不同的样式。小姑娘一般留圆顶独辫发，12 岁之后留后垂式独辫发。其梳法是头发并于颈后，上端扎二指左右宽的红头绳，然后梳成一条辫子。已婚女子出嫁则束为髻，首饰多用金、银所制。

戒指和手镯。戒指多用金或银制作，有的镶嵌宝石。未婚女子戴在小指上，已婚者戴在无名指上；手镯以银质、玉质为多，已婚女子习惯双手佩镯，未婚者只戴一只手镯。根据调查统计（见表 4 - 15），接受调查的 100 户村民中，年轻女子选择佩戴戒指和手镯的分别有 78 户、15 户，老年妇女选择佩戴戒指和手镯分别有 55 户、92 户。

表 4 - 15　国光嘎查 100 户村民女性配饰佩戴内容调查统计（可多选）

单位：户

调查结果 选择项	村民选项统计	
	年轻女子	老年妇女
佩戴项链	84	3
佩戴戒指	78	55
佩戴手镯	15	92
佩戴耳坠、耳环	98	80
钗　簪	20	78

资料来源：根据课题组问卷调查资料统计。

二 饮食

嘎查村民日常饮食通行一日三餐，即早餐、午餐、晚餐。早餐又称为"早起饭"、"头晌饭"；午餐称为"晌午饭"、"晌饭"；晚餐称为"后晌饭"、"下黑饭"、"下晚饭"。他们还把正餐之间的吃饭叫做"垫补"。冬季农闲时节改行一日二餐制，俗称"二顿饭"。

在"农业社"时代，国光嘎查的日常饮食与其经济生产、农作物种植有着很密切的关系。20世纪50年代初，人们的主食以玉米、高粱、谷子等粗粮为主，冬天吃的蔬菜也主要是土豆和大白菜，饮食基本目标也仅是达到温饱。尤其1960年饥荒时，大家都在集体大食堂吃饭，主要吃的是荞麦面饼、高粱面饼等粗粮。20世纪60～70年代种植小麦后，白面占了主食的15%。20世纪90年代后，随着村民经济收入和生活水平的提高，国光嘎查村民主食开始以白面和大米等精粮为主，间以玉米、高粱米、荞麦面等杂粮，绿色蔬菜则四季都有。又因国光嘎查属于高力板镇区的一部分，现在嘎查居民的饮食结构摆脱了作物种植的制约，糜麻黍谷、粮油蔬菜都是四季不缺。"吃的多了，也讲究了"，饮食日趋丰富。按照曹秀成的说法是"以前村民不下馆子，现在经常下"。不过在生活富足的今天，玉米面及其他杂粮食品依旧为他们所钟爱。大体而言，本地春菜以菠菜、韭菜、小白菜、小葱、水萝卜等蔬菜为主。夏菜以西葫芦、黄瓜、西红柿、茄子、青椒、豆角、芹菜为主。秋菜以大白菜、圆白菜、黄萝卜、土豆、大葱等蔬菜为主。

因长期杂居，国光嘎查汉族居民的生活习俗在一定程度上受到蒙古族居民的影响，蒙古族居民的生活习俗也在一定程度上受到汉族居民的影响。从调查情况看，嘎查村民的饮食主要以蒙古族饮食和汉族饮食为主，而且二者相互渗透、相互影响，各自都有了一定的发展和变化。我们的饮食调查由此也分成了两部分，一部分是对蒙古族饮食的调查，另一部分是对汉族饮食的调查。

（一）蒙古族饮食

现在，国光嘎查蒙古族饮食大致可以分为四部分：一是家养牲畜的肉，称为"红食"；二是乳制品，称为"白食"；三是粮食，称为"紫食"；四是蔬菜，称为"青食"。蒙古族还将野生植物作为调味品来食用，如野果、蘑菇等。现就当地人们经常食用的部分食品加以介绍。

生奶油。是将过滤后的鲜奶盛放于无遮盖的容器中，在20℃左右的环境下放置7~8小时，使鲜奶发酵成固体，在此固体状态下，奶子表面浮着的一层脂肪就是生奶油。生奶油是奶食品中的上品，当地居民常用它搅拌炒米、稷子米饭或放在奶茶、面食、蔬菜中食用。

白油。是从生奶油中提炼而成的，将生奶油放置在过滤袋中悬挂过滤，以去除生奶油中的水分，之后置入容器中进行搅拌，将奶水分离后，剩余的物质就是白油。白油有解毒的功效，尤其对肠道疾病能起到缓解的作用。

黄油。是从白油中提炼而成的，将白油放在锅中持续加热即可形成。

奶酪。当地居民多称为奶豆腐。将发酵的酸奶加热以蒸发水分，并将酸奶水撇出，剩余的固质用勺背搅拌至凝固，然后装入模具阴干成形即可。奶酪微酸而不腻，可增

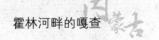

加食欲，强健脾胃。

奶皮子。是奶食中的佳品，在本地区通常用于祭祀、送礼或招待尊贵的客人。将鲜奶放在奶锅一类的容器中加热，煮开后不断地用勺扬汤止沸，使奶锅中产生一层丰厚的泡沫，泡沫经温火煨，逐渐凝结成一层较薄的脂肪，将之放置 10 个小时左右自然冷却后，用长筷从奶锅中心将已凝结的脂肪挑起，形成半圆形薄饼状，置于盖帘上阴干即成；奶皮子酥脆适口，味美香甜，具有很高的营养价值。

酸奶。为蒙古族传统饮料，现在已成为广受当地居民喜爱的大众饮品。将鲜奶放入奶桶或奶缸中，保持 25～30℃ 的温度，使其发酵至微酸起泡，之后用木杵不断搅拌，将奶脂相分离即成；亦可将已发酵的酸奶汁倒入奶桶中做酵引，然后添加鲜奶使其发酵。酸奶具有生津止渴、解暑消热的作用，当地居民不仅日常饮用，还将其作为酿制奶酒的原料。

奶茶。由砖茶与鲜奶煮沸而成，先将砖茶捣碎放入茶锅中，然后添加清水加热煮沸，用勺搅扬止沸若干次后捞出茶梗和茶叶，加入鲜奶后继续加热并扬汤止沸，最后放少许盐即可饮用。当地居民喜好依个人口味加入辅料，如奶油、奶皮子、干肉、炒米等。

手扒肉。手扒肉本不是一道专门的菜肴，是就食肉方法而言的。然而经过岁月的流逝，现在手扒肉逐渐变成了一道肉菜的专有名称，即将大块的羊肉洗净后下锅，不添加任何调料炖煮，煮熟后盛入木盘上桌，大家围坐桌旁，各自用刀边割边吃，吃时依个人口味蘸盐水或其他作料，别有一番风味，手扒肉是该地非常流行的一道佳肴。

烤羊腿。是将羊腿用各种调料腌制后阴干，在表皮涂抹奶油后放在炉中或放在炭火上烤制而成。其色泽金黄，外焦里嫩，酥脆爽口，香而不腻。因烤羊腿制作工艺复杂，现在只有重要客人来访或节日时才食用，平时自家人较少食用。

牛肉干，是蒙古族传统的风味食品。将鲜牛肉切成长条，用盐卤后晾干即成。当地秋季气候干燥凉爽，肉条易于保存，因而当地居民多在此时制作牛肉干，食用时水煮或蒸、炸均可。

羊血肠。将羊肠用盐水洗净之后切断，分开小肠和肥肠；在羊血中搅入白面或荞面，用手将凝结的血块攥碎、搅匀后，加入食盐、葱花等调料，从肠口灌入。据当地居民介绍，"为炖煮方便，可将约2～3丈长的小肠断成数节，但不能撕掉连接肠壁的薄脂肪，有脂肪的血肠吃起来才有油香，羊血肠煮好出锅时，盘成一团，就跟盘香一样。"

炒米，是蒙古族日常食用的主食之一，用糜子米制成。其制作过程分为烀（蒸）、炒、碾三道工序：第一道工序为烀（蒸）稷子，先将锅内水烧至八分开，倒入稷子加热，水开后揭盖并上下左右翻动，令其受热均匀，之后再加盖文火闷蒸，如此反复3～5次后即可出锅。第二道工序为炒，分为炒脆米、炒硬米两种。炒脆米时，在锅底铺放些沙子，待沙子烧红后，将烀好的稷子放入其中翻炒，同时要用特制的搅棒快速搅拌，搅拌时发出爆花声，当爆花声停止时出锅，晾凉后筛出细沙即可。第三道工序是碾，即将冷却后的稷子碾去外壳糠麸。炒米呈金黄色，米粒硬而脆，色黄而不焦，带有一种炒食的香味。当地居民或用炒米与酸奶搅拌，加奶油、白糖等辅料食用，或用煮沸的鲜奶、奶茶浸泡食用，或是直接干嚼，亦别有一番味道。

肉粥，当地蒙古族居民称为"好力泰布达"。将牛肉或羊肉切丁后入白水锅炖煮，加少量食盐，再下米熬煮。煮熟后可加葱花和适量的酸奶，是为肉粥。亦可将煮肉后剩余的汤中加米成粥，其味更香浓。

奶粥。先煮大米、小米或炒米于锅中，八成熟时把鲜奶兑进锅内，熬沸后即可食用。

炸果子。将白面与植物油、鸡蛋、白糖和在一起，和好后擀成薄片，切成各种形状，再用羊油或牛油炸熟即成。

猫耳汤，因形状似猫耳朵而得名。先把和好的荞面揪成拇指大的小块，然后用拇指和食指捻成形似猫耳朵的半圆形小片，同时做好菜汤，放入牛、羊肉丝，汤熟后将猫耳片下锅即成。

肉汤面。将和好的白面或荞面擀成薄片，切成一寸宽、三寸长的条状，放入羊肉汤中，煮熟即可食用。

蒙古馅饼。把白面和成软面，揪一小剂子放于手心，拍成薄片后填馅，团成圆形后拍成薄饼，再用干锅烙熟后食用。蒙古馅饼的特点是颜色金黄，皮薄馅足，香而不腻，柔软可口。这里的蒙古馅饼不仅局限于肉馅，更有萝卜、白菜等素馅，口味与众不同。

葱花饼。将和好的白面擀成薄片，匀涂黄油后再撒上葱花和盐，卷成卷，切成二寸面段，用手拍扁每段再擀成薄饼，锅内放少许油加热烙熟即可食用。

千层饼。将白面用温水和好后，擀成极薄的面片，匀涂羊油后卷成卷，拍平再擀薄，锅内放白油或黄油加热将其烙熟即成。其特点是起层多，食用香软，故名千层饼。

荞面饽饽。将荞面用凉水和好，团成圆形或长圆形团状，用炭火、牛粪火或火盆火烧熟。不论放置多久，这种饽饽除外面有一层硬壳外，里面始终是软的，而且不易霉坏，因而适宜野外作业时餐用。

荞面煎饼。将荞面和成糊状，加入葱花、肉粉、调料粉、盐等辅料后搅拌，将锅烧热放入羊肉或植物油，将搅拌好的面糊均匀地平摊在锅中，烙熟后即可食用。荞面煎饼工艺简单、味道鲜美，至今仍是当地居民经常制作的方便小吃。

沙葱包子。将白面和好后揪一小剂子，擀圆形薄皮，填入沙葱、羊肉馅包成圆状，蒸熟即食。沙葱包子是本地区的特色佳肴，不膻不腻，鲜嫩可口。

课题组调查时得到了国光嘎查接待人员的盛情款待，餐桌上有奶皮、奶酪、烤羊腿、手把肉、羊血肠、煲蘑菇汤、肉炒蕨菜等。

蒙古族有诸多约定俗成的饮食禁忌习俗，各访谈对象在讲述同一习俗时有不同的侧重，且对于相同的禁忌也有不同的说法，笔者调查整理后，将部分内容作一介绍。

蒙古族人忌讳把奶桶等盛奶食的器皿扣放；忌讳有意无意倒洒牛奶；忌讳把奶食与肉食摆放在一起，主要是怕串味；招待来客时，无论是吃饱喝足或饥肠辘辘，客人一定要先品尝主人的奶茶和奶食品；宰杀牛、羊等肉畜时，忌讳直接用刀宰割肉畜的脖子放血并砍下其头；宰羊时，先将其放倒在地，持尖刀直捅其胸腔心脏部位，而后开个小口，伸进手去，用食指勾断其心脏主动脉令其速死，再将腔内鲜血舀入盆中，就地从完整的肉体上剥下完整的皮张；宰牛、驼等大畜时，则以刀直刺其头后颈椎，令其速死，而后开膛、取血、剥皮；不杀种公畜；不骑乘或出售年老体弱的公畜，死后将其葬于高处；避讳"宰"、"杀"等杀气腾腾、血腥味十足的词语，避讳使用让人毛骨悚然的"吃肉"等不吉利言词，宰杀牛羊说成是"出魂"、"处理"、"准备食肉"、"喝羊汤"等，食肉也一般习惯说"喝肉汤"或"喝羊汤"；禁食死畜肉、盲肠、肠头、肚头、喉头、腹膜、肉瘤、胸骨柄、鼻软骨、母畜会阴肉、脑浆、淋巴等；蒙古族对马和狗比较敬重，不让小孩吃这两种动物的肉，尤其是狗肉，传说孩子吃多了会变成哑巴。如今，这些传统禁忌仍为本地区居民所认可，随着长辈们的言传身教而世代相传。

据调查，蒙古族的传统餐饮器具多是就地取材制作，以皮制和木制居多，也有铁制和铜制，其上往往刻、画、镶有多种富有民族特色的图案。随着经济的发展、生活的变迁，传统的餐饮器具也在不断变化，现就当地居民仍在使用的餐饮器具作一简单介绍：

木制器具，包括木碗、木匙、木桶、木槽、木制奶桶、木制搅茶臼及木槌、木杵等。木制奶桶，高约一尺半，呈圆柱形，上加盖，中间有桶箍，两边各有一木把。木杵，是用来搅马奶、捣米、捣茶的器具。

金属炊具，可分为铁制、铜制两种。铁制的主要有铁锅、铁勺、奶桶等。铁锅四周有檐，铸有传统花纹，有的还铸有蒙文。当地居民炖煮牛羊肉、熬奶茶都用这种锅，锅的大小根据需要选择。铜器器具有茶壶等。

（二）汉族饮食

国光嘎查的汉族人口的祖籍多属河北、辽宁、山东等地，因此他们的饮食也大都保留有祖籍的习俗，加之与当地蒙古族的相互影响和浸透，形成了整体趋向于北方饮食类型的饮食风格。本地汉族的特色主食有玉米饼子、面条、米饭和烙饼。

玉米饼子，也称"大饼子"、"苞米饼子"。因玉米饼子口感粗粝，所以与它相伴的副食，即"就头"大都具有刺激性，如大葱蘸大酱，咸菜炒辣椒等。玉米饼子有许多种做法：有糊饼子、蒸饼子，掺干菜磨面做的叫"掺菜饼子"；以玉米面作皮，包菜馅蒸食的叫"菜饼子"；略加白面发酵做出的叫"发糕"。做成的玉米饼子有许多种吃法，剖为薄片置于炭火上烘烤成焦黄样，配以烤干肉或腌肉，可作外出时的临时美餐；切成条块，加油加菜烩出，主副食兼有。据说，从前国光嘎查农民赶集，大都从自家携带饼子，集市上有各式泡饼子的热汤出售，稍稍阔绰的如羊肉汤、大卤等，便宜实惠的则有"热豆腐"。

面条。在国光嘎查很少有女子不会用擀面杖擀面的。面条有各种名称："面"、"水面"、"汤面"、"面汤"等。按做法不同有"烂面"、"过水面"、"杂面"、"混汤面"。面汤常见是"疙瘩汤"、"片儿汤"、"揪面汤"。

米饭。小米蒸的叫"干饭"，稻米蒸的叫"大米干饭"，稻米加小米蒸的叫"二米饭"、高粱米蒸的叫"高粱米干饭"，玉米粒蒸（或煮）的叫"大渣子饭"。此外村民在夏季喜欢将米饭用凉水淘下，称为"淘米饭"。

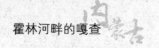
烙饼。国光嘎查村民常食用的饼有"发面饼"、"葱花饼"和"春饼"。

三 居住

在农村，房子作为个人财产的一部分，其式样、规模、装修等情况都能反映出家庭经济水平高低和家庭成员是否能干，也在某种程度上成为各家攀比的主要项目。

（一）住宅择址

国光嘎查的村民认为，本地盖房讲究少，建房要遵循的规矩主要有三条：（1）自家盖房一般要在旧房的前边，即使是将原有房屋推倒重建，也要稍往前盖；（2）往东建不往西建；（3）后盖的人家不能使房顶高过先盖邻居家的房顶。盖房的位置要在中午12点确定，正房一般坐北朝南稍偏东南，且要选避风、向阳处，忌讳房屋建在干燥无水处或背阴潮湿的地方，同时也避免选择那些草木不生及流水的地方。一般讲，一家院门忌向着河流或水井，院门忌直对巷口。此外，两户家门径直相对也是犯忌的，院门若如与邻家相对，忌正冲，也忌门小。认为两门相对，双方都不吉，尤其是门小的更遭其害。所以即使有相对者也只是斜对，彼此错开。在同一处聚居的各家邻里，建房的高度按习俗应大体一致，忌南邻和西邻的房子高过自己的屋子。

"农业社"时期，只要是生产队的空地，村民就可以盖房，这也使得嘎查的住宅缺乏统一规划。现在嘎查已经开始统一规划农户住宅建设，因为此项工作属于新农村建设里的重要内容——"村容整洁"。

（二）房屋结构

本地居民的院门以正南向居多，除猪圈必须在院子西南外，其他诸如牛羊圈和车库仓房等都没有限制。在房屋结构上，嘎查居民的房屋没有民族特征。住房以土木结构、砖木结构、砖混结构为主。

土木结构的房，分一出水和两出水两种，一般要用3、5、7道檩子，东西向横放，其中中檩要相对粗大。椽子分两排，以间距6～8寸的间隔，搭在中檩与前后檩之间。若盖一出水房，后、中、前檩要置于一个平面上，由北向南倾斜。两出水房也称"马脊梁"房，中檩要提高，它与两批椽之间形成一个夹角。中檩一线是最高点，南北各有一个缓坡，水向两边流，两出水也因此而得名。如盖两间大的房，由于跨度大，中间要彻墙，条件好的在墙上用桄。桄是比檩子更粗的巨木，南北向置于房顶正中或偏中，中檩和前后檩的一头都要搭在桄上。中檩和前后檩之间，还要加一道椽子。前面的叫前檐椽，后面的叫后檐椽。前檩下面还要叠加一道檩子，叫一檩一替。每道檩子的外端和桄的前后都要用顶柱子，共1桄5檩12柱。前面的顶柱都和满面门窗镶嵌在一起，全部立起来以后叫做全架房。如果不放最后面的一道顶柱子，前后架檩和中檩下面都不放顶柱子，也就是说只在桄的前后和前檩两头支柱子，其余檩头都直接搭在墙头上，形成1桄4柱4檩的格局，就叫做半架房。前后不用桄，檩子直接搭在墙头上的建筑，称做担担房，即无架房。半架、全架房的柱子一般都要垒在墙里面，外面基本不留痕迹，民间称为土柱。桄一般都是水平放置的，想要两出水或一出水，檩子不能直接搭在桄上，其下面要顶一截依次升高或降低的挂柱，上面搭上檩子以后，能成一个倾斜面或中间高前后低的两个倾斜面，以便雨水流走。

本地房屋里都盘火炕，可起保暖的作用。炕有顺山炕、倒山炕、棋盘炕三种。正房东西两面的墙，民间称为山墙。顺东墙盘一溜炕的，叫东顺山炕，顺西墙盘一溜炕的，叫西顺山炕。顺山炕都直抵南北墙根，不留空隙。南面挨着窗台。顺山炕的面积一般占到房间的一少半，其余是地。一进门是地，在地下脱了鞋才能上炕。地下靠里是一排躺柜或板箱，如今是衣橱、大立柜等家具。倒山炕是沿北墙东西向盘的炕，也占到房间的一半。棋盘炕可以顺山炕的截半。靠东山墙和窗户盘的棋盘炕，也可以挨北墙和东山墙盘炕。同样道理，靠西山墙也可以盘出靠北靠南的两种棋盘炕。

砖木结构的房屋，在构造上和土木结构的房屋没有多大差别，只是把土坯变成砖后更加高大美观，但在保温性能上，砖不及土坯。所以本地多是砖土混垒，即外墙用砖，内墙用坯，这样既坚固又保温。如果只用砖垒个四方框子，里面全用土坯塞满，砖房土瓤子俗称四角落地。前面门面上用砖头垒个垛头。从正面一看，酷似砖房，从侧面后面看就露出土房面目。

国光嘎查村民一般多住坐北朝南的正房，以一进两开为主。在20世纪80年代初期，正房一般是3~4间，一进门客厅，客厅往北是厨房，东西两间东边是卧室，西边是仓库，南北深2丈，东、中、西每间1丈，宽共3丈，共约67平米。进入20世纪90年代，房屋的布局样式与以前一样，只不过南北深增加为2.7丈约9米。这样在东西两间屋

子的北边又增加了两间屋子，共 6 间，此时的正房东西 3
丈，10 米，共约 90 平方米。最近 3~4 年，本地开始了新
一轮的盖房热潮，房屋的样式局部与以前类似，只不过面
积更大，单独的居室更多。如于长友家 2008 年建的新房面
积 520 平方米，曹秀成家 2009 年盖的新房面积 400 多平方
米。曹秀成家的正房样式为：一进门是过道，过道两边东
边两间卧室，西边一个大的办公室和小卧室。与过道正对
的是洗手间，洗手间东边是餐厅加厨房，西边是一间活动
室。虽然嘎查到目前为止还没有盖楼房的，但曹秀成说他
"下一步打算盖楼"。

（三）房屋建造

本地盖房，大都要用石头垒根脚，而后再在上面盖房。
这样可以使房基稳固，防止地面反潮把土墙涸坏。在过去，
盖房有不少讲究，有的备料就得几年，破土要请阴阳先生，
看正面有没有"空"，害怕"在太岁头上动土"。如果今年
"没空"，就得等到明年"太岁转走"以后。届时要蒸白面
馒头，上面点上红点，到要盖房的地方上香，然后铲一锹
土，或套上牛绕着房基犁一个田字，名曰"破土"。"破土"
的前后，请木匠泥匠。木匠要提前立架，安排晚了就要窝
工。其他帮忙的人或花钱雇的人，一定要都能"上手"。瓦
匠主要是稳根脚和垒四角，其余上泥、垒墙、搬砖、运坯，
主要都是青壮年的亲朋好友来帮忙。

"破土"之后，最重要的一项工作是上梁，也称压栈，
这天最为热闹，讲究吉利大方，来铲几锹泥的也算帮忙，
能吃混饭。过去没有机械，上梁全凭人力，下面用丫木往
上顶，墙上用绳子往上拽。梁上挂上三尺红布，红布上拴

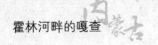

几个铜钱，随着人们的运动，红布节节上升，鞭炮齐鸣，场面热闹。上梁压栈要一天完成，栈一压完建房的主要工作便告一段落。剩下的工作，主人家可以慢慢完成，所以上梁这天主人总是欢天喜地，给所有人吃一顿猪肉粉条黏豆包（或糕）或高粱米饭。糕与"高"谐音，取生活步步升高之意。

（四）居住条件

"农业社"时期，村民都住土房。该种土房用土坯垒成，土坯及房屋木料均需购买。1978 年时，一块土坯 0.03 元，一根松木 13 元，冯中国家该年所盖土房共花费 500 元。比土房条件稍好的是砖房，出现于 20 世纪 80 年代中期。砖从砖厂购买，如果房屋面积 100 平方米，共需 2.5 万块砖，时价每块 0.3 元，共 7500 元。当时以 70~80 平方米的房屋居多，建房总费用一般都在 2 万元以内。冯中国家 1989 盖砖房时，砖价涨为 0.09 元一块。当时冯中国雇了一个瓦匠和一个木匠。最后耗时 2 个月，瓦匠手工费 2400 元，木匠因为是熟人，没要手工费，如果要得再付 500 元。该砖房面积 90 平方米，建房总共花费 16000 元。1992 年，国光嘎查的张生家装了土暖气，在本村属第一。这之前，村民冬日取暖主要靠火炉和火炕。此外房屋的变化还体现在顶棚的材质上，最早村民住土房时，顶棚用纸糊，后来较好的用灰抹，再后来用泥抹。

1998 年霍林河发洪水之前，国光嘎查的土房和砖房几乎各占一半，土房稍多。于长友 1992 年刚回国光时买了 72 平方米的土房，花了 7200 元。

1998 年霍林河洪灾之后，国光嘎查许多村民的房屋被淹，尤其土房被淹后很容易坍塌，于是本地掀起了一轮盖房热潮。此时的房屋面积虽然与以前差别不大，但在建筑材质、房屋装修和屋内设施上却变化不小。以前的"内坯外砖"都改为"内砖外瓷砖"，土暖气已经普及，一般是既有火炕又有暖气。嘎查居民普遍都拥有 VCD、冰箱和洗衣机等日常家电，建房的费用也开始猛涨。于长友家 1998 年的新房总面积 148 平方米，连盖带装修共花费 14 万元。最近 3～4 年，即从 2005 年开始，本地又掀起了一轮盖房热潮。现在的正房一般是南北 10 米，东西 12 米，总面积 120 平方米左右，盖房费用 5 万元。此时盖房都上采光瓦，贴瓷砖，顶棚全部用棚板，有实力使屋内取暖条件更好的开始上空调。与此同时，旧 111 国道两边的房价开始上涨，一亩地约 1 万元。有地理位置好的，两间房就能卖到 40 万～50 万元。曹秀成盖新房时，大门处有别家一间 30 平方米的房，曹花了 2 万元才买了下来。

曹秀成认为现在人们富了，攀比更严重了。攀比的主要内容是房和车。这从另一个侧面说明人们的生活条件确实好了。曹秀成称，全嘎查镶瓷砖的房能占将近一半，仅国光屯的有轿车户就 15 家，占总农户数近 10%。

（五）家庭用具

国光嘎查生火做饭、取暖的燃料以前主要是以牛粪、柴草为主，现在则以煤和柴草为主。村民家庭生火做饭燃料，有 45% 的村民依然使用柴草，有 30% 的村民选择用煤，有 20% 左右的村民选择用秸秆。在饮用水上，有 95% 左右的村民用自备井取水。

村民的家庭用具主要有家用电器和生活用具。家用电

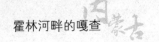

器有：电视机、录音机、电冰箱、洗衣机、固定电话、手机等。对 100 户村民的家用电器调查显示，电视机最早购买时间是 1986 年，电冰箱最早购买时间是 1999 年，洗衣机的最早购买时间是 1992 年，固定电话的最早安装时间是 2001 年，手机最早购买时间是 2001 年。可以说，国光嘎查的家用电器是从十一届三中全会召开以后逐渐发展起来的。

生活用具主要有：电饭锅、电水壶、水壶、电磁炉等。对 100 户村民的调查显示，电饭锅最早购买时间是 1982 年，电水壶的最早购买时间是 2003 年，水壶最早购买时间是 1992 年，电磁炉最早购买时间是 2007 年。

根据 2007 年对 22 户村民住房情况的调查，在房屋类型上，砖结构 15 户，土结构 6 户，砖土结构 1 户；在房屋年限上，30 年以上 1 户，25～30 年以上 2 户，20～25 年以上 2 户，15～20 年以上 1 户，10～15 年以上 8 户，10 年以下 8 户；住房间数共 68 间，其中以东间为住房的有 58 间，以西间为住房的 10 间；房屋造价，最高 7 万元，最低 5000 元；修缮情况，明确表示有修缮的有 3 户，明确表示没有修缮的有 7 户，选择修缮不好的有 10 户，土房转盖砖房的有 2 户。

四 文化生活

新中国成立前，本地的安代舞、民歌和民间说唱等都是极富民族风格和地方特色的内容，嘎查牧民也都参与其间，文化生活可谓丰富。不过这些民族特色文化活动的发展在新中国成立后经历了一个无人问津到重新复兴的过程。以安代舞为例，据说安代舞最早是萨满教利用歌舞的形式，通过开导、劝慰、感化等循序渐进的程式，为个别女子因相思或不孕而患的精神疾病所进行的治疗手段。传统安代的举办皆由患者家属请求在室外平地上举行，参加者人数不限。在一个场院里，几十人乃至上百人围成一个大圆圈，圈里由两名歌舞能手对歌对舞，众人呼应踏脚、甩动衣襟伴舞伴唱。后来，安代舞由原来的治病发展为求雨、祭祀等民俗活动，并逐渐衍变为民间艺术形式，成为蒙古族聚会娱乐的歌舞。中华人民共和国成立后一段时间，安代舞不再有人跳，尤其是国光这种汉族嘎查，当时成长的汉族一代青年都不知如何跳安代舞。改革开放后，由于国家和政府对传统文化的重视，安代舞又在本地得到了复兴，也逐步成为村民的一项文娱活动。

新中国成立后，本地开始流行扭秧歌。当时高力板镇人民政府在新春佳节都会组织秧歌队演出，在元宵节举办秧歌汇演，各嘎查、艾里的秧歌队聚于高力板镇竞相献艺。几伙秧歌队相遇于街头巷尾，锣鼓喧天、鞭炮齐鸣、唢呐紧吹、彩扇翻飞，互争高低，令人目不暇接。近几年过年时节，国光嘎查也举办秧歌演出，"但已经没有当年的味道了"，村里老人如是说。新中国成立后，高力板镇建起了电影院，盟里常来放映队。国光嘎查的村民可以去电影院看抗日战争片，后来还少不了去看8个样板戏。可以说，改革开放之前人们的文化生活较为单调，冬闲打打扑克、聊聊天，听听收音机、扭扭大秧歌、看看电影。

改革开放后，新的娱乐项目逐渐增加。20世纪80年代中期，村里开始有了电视机。虽然只是14英寸的黑白电视机，但一到夜晚，人们就汇集于有电视的人家，这也让村民有了新的谈资。见面聊天除了家长里短就是对电视剧的议论和感慨，对"中央新闻政策"的评议。随着电视机拥有人家的增多，电影也逐渐退出了历史舞台，电影院也关闭了。

此外，随着高力板镇的逐渐发达，台球桌多了起来，后来"满大街都是"。很多摆台球的都是家里开着小卖店，营业者摆球桌只是顺带挣几个零花钱，一元钱3盘，输者付费。此外还有玩"嘴胡"（音）的，与纸牌规则类似，很多时候成为变相的赌博。

2000年左右，随着高力板镇经济的进一步发展，国光嘎查居民的文化生活更加丰富起来。家里有电视、VCD，镇里有歌舞餐厅、娱乐城。不过随着村民收入的提高，赌博也多了起来。以前嘎查居民连麻将都不会玩，现在好多人都玩，"连老娘们儿都玩"。此外，近几年旗里也常开那达慕大会，地点在旗里的赛马场，时间为每年8月8日。大会上娱乐丰富，商贩云集，人山人海甚是热闹。

根据调查（见表4－16）显示，100户村民中，有70%的村民选择"喜欢并经常看电视"，有26%的村民选择"喜欢但不经常看电视"。可以说，看电视已经成为国光嘎查村民文化生活的一项重要内容。

表4－16　国光嘎查100户村民观看电视情况调查统计

单位：%

选　项 调查结果	村民选项统计
喜欢并经常看	70
喜欢不经常看	26
不喜欢很少看	4

资料来源：根据课题组问卷调查资料统计。

就村民所喜欢的电视节目，调查（见表4－17）显示新闻节目有80%的村民观看，科普知识节目有55%的村民观看，电影、电视剧节目有95%的村民观看。

表 4 –17　国光嘎查 100 户村民观看电视节目类型
调查统计（可多选）

单位：%

选项 调查结果	村民选项统计
新闻	80
科普知识	55
电影、电视剧	95
民族文化介绍	20
农村类节目	90
歌舞类节目	10
其他	12

资料来源：根据课题组问卷调查资料统计。

调查（见表 4 –18）显示，100 户村民中，通过电视获取信息的有 95 户，通过广播获取信息的有 90 户，通过嘎查委员会宣传、通知获取信息的有 100 户，村民相互沟通获取信息的有 100 户。可以说，嘎查委员会的通知、广播、电视是国光嘎查村民获取信息的重要渠道。

表 4 –18　国光嘎查 100 户村信息渠道来源调查统计（可多选）

单位：户

选项 调查结果	村民选项统计
电视	95
广播	90
报纸、杂志	35
网络	9
嘎查委员会宣传、通知	100
村民相互沟通信息	100

资料来源：根据课题组问卷调查资料统计。

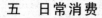

五 日常消费

村民日常消费包括食品、饮品、烟草、服装、家庭电费、交通、外出租房、通信、医疗、文化、娱乐、子女教育及抚养、随礼和年节等具体支出，在调查的100家农户中，2006年一年日常生活支出具体如下。

食品支出最低每年350元，最高每年7520元，平均每户支出2280元（见表4-19）。

表4-19 2006年国光嘎查100户村民食品支出统计

单位：元，户

支出 金额	1000 以内	1000~ 1999	2000~ 2999	3000~ 3999	4000~ 4999	5000~ 5999	6000~ 6999	7000~ 7999
户数	9	41	24	18	4	2	1	1

资料来源：根据课题组问卷调查资料统计。

饮品支出中，白酒、啤酒和茶三项最低每年5.5元，最高每年6100元，平均每户支出380元（见表4-20）。

表4-20 2006年国光嘎查100户村民饮品支出统计

单位：元，户

支出 金额	1000 以内	1000~ 1999	2000~ 2999	3000~ 3999	4000~ 4999	5000~ 5999	6000~ 6999
户数	94	3	2				1

资料来源：根据课题组问卷调查资料统计。

烟草支出中，最低每年25元，最高每年4450元，平均每户支出920元（见表4-21）。

表 4 – 21　2006 年国光嘎查 100 户村民烟草支出统计

单位：元，户

支出金额	1000 以内	1000 ~ 1999	2000 ~ 2999	3000 ~ 3999	4000 ~ 4999
户数	49	35	11	3	2

资料来源：根据课题组问卷调查资料统计。

服装支出中，最低为每年 55 元，最高为每年 5200 元，平均每户支出 940 元（见表 4 – 22）。

表 4 – 22　2006 年国光嘎查 100 户村民服装支出统计

单位：元，户

支出金额	1000 以内	1000 ~ 1999	2000 ~ 2999	3000 ~ 3999	4000 ~ 4999	5000 ~ 5999
户数	53	25	15	6	0	1

资料来源：根据课题组问卷调查资料统计。

家庭电费中，最低每年 40 元，最高每年 5800 元，平均每户支出 405 元（见表 4 – 23）。

表 4 – 23　2006 年国光嘎查 100 户村民家庭电费统计

单位：元，户

支出金额	1000 以内	1000 ~ 1999	2000 ~ 2999	3000 ~ 3999	4000 ~ 4999	5000 ~ 5999	6000 ~ 6999
户数	93	2	2	1	0	1	1

资料来源：根据课题组问卷调查资料统计。

交通支出中，最低每年 98 元，最高每年 6500 元，平均每户支出 650 元（见表 4 – 24）。

表 4 – 24　2006 年国光嘎查 100 户村民交通支出统计

单位：元，户

支出金额	1000 以内	1000 ~ 1999	2000 ~ 2999	3000 ~ 3999	4000 ~ 4999	5000 ~ 5999	6000 ~ 6999
户数	65	25	5	3	0	1	1

资料来源：根据课题组问卷调查资料统计。

外出租房支出中，最低每年 280 元，最高每年 3800 元，平均每户支出 80 元（见表 4 – 25）。

表 4 – 25　2006 年国光嘎查 100 户村民外出租房支出统计

单位：元，户

支出金额	1000 以内	1000 ~ 1999	2000 ~ 2999	3000 ~ 3999	4000 ~ 4999
户数	98	0	1	0	1

资料来源：根据课题组问卷调查资料统计。

通信支出中，最低每年 75 元，最高每年 6300 元，平均每户支出 1100 元（见表 4 – 26）。

表 4 – 26　2006 年国光嘎查 100 户村民通信支出统计

单位：元，户

支出金额	1000 以内	1000 ~ 1999	2000 ~ 2999	3000 ~ 3999	4000 ~ 4999	5000 ~ 5999	6000 ~ 6999
户数	52	25	11	7	2	2	1

资料来源：根据课题组问卷调查资料统计。

医疗支出中，最低每年 50 元，最高每年 35000 元，平均每户支出 2400 元（见表 4 – 27）。

表 4 – 27　2006 年国光嘎查 100 户村民医疗支出统计

单位：元，户

支出金额	1000 以内	1000 ~ 1999	2000 ~ 2999	3000 ~ 3999	4000 ~ 4999	5000 ~ 5999
户　数	41	25	10	7	4	1
支出金额	6000 ~ 6999	7000 ~ 7999	8000 ~ 8999	10000 ~ 19999	20000 ~ 29999	30000 ~ 39999
户　数	2	1	2	3	3	1

资料来源：根据课题组问卷调查资料统计。

文化支出中，最低每年 25 元，最高每年 220 元，平均每户支出 24 元。娱乐支出中，最低每年 120 元，最高每年 2200 元，平均每户支出 150 元（见表 4 – 28）。

表 4 – 28　2006 年国光嘎查 100 户村民娱乐支出统计

单位：元，户

支出金额	1000 以内	1000～1999	2000～2999
户数	98	1	1

资料来源：根据课题组问卷调查资料统计。

子女教育及抚养支出中，最低每年 300 元，最高每年 28000 元，平均每户支出 4300 元（见表 4 – 29）。

表 4 – 29　2006 年国光嘎查 100 户村民子女教育及抚养支出统计

单位：元，户

支出金额	1000 以内	1000～1999	2000～2999	3000～3999	4000～4999	5000～5999
户数	49	7	8	6	4	4
支出金额	6000～6999	7000～7999	8000～8999	9000～9999	10000～19999	20000～29999
户数	2	1	3	1	10	5

资料来源：根据课题组问卷调查资料统计。

礼节支出中，最低每年 280 元，最高每年 12000 元，平均每户支出 1800 元（见表 4 – 30）。

表 4 – 30　2006 年国光嘎查 100 户村民礼尚往来支出统计

单位：元，户

支出金额	1000 以内	1000～1999	2000～2999	3000～3999	4000～4999	5000～5999	6000～6999	7000～7999	8000～8999	9000～9999	10000～19999
户数	15	25	30	15	2	1	2	2	3	4	1

资料来源：根据课题组问卷调查资料统计。

年节支出中，最低每年 120 元，最高每年 4500 元，平均每户支出 1200 元（见表 4 – 31）。

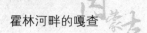

表 4 – 31　2006 年国光嘎查 100 户村民年节支出统计

单位：元，户

支出金额	1000 以内	1000 ~ 1999	2000 ~ 2999	3000 ~ 3999	4000 ~ 4999
户数	38	42	15	3	2

资料来源：根据课题组问卷调查资料统计。

100 户日常生活总支出中，最低 1600 元，最高 4700 元，平均每户 1800 元（见表 4 – 32）。

表 4 – 32　2006 年国光嘎查 100 户村民日常生活总支出统计

单位：元，户

支出金额	10000 以内	10000 ~ 19999	20000 ~ 29999	30000 ~ 39999	40000 ~ 49999
户数	38	42	15	3	2

资料来源：根据课题组问卷调查资料统计。

第五章　文教卫生

第一节　教育

国光嘎查所在地的学校有高力板小学和高力板中学，为蒙语、汉语合办学校。

一　学校概况

国光嘎查因属于高力板镇区，多数学龄儿童就学于高力板小学、青少年就学于高力板中学。

（一）高力板小学

据高力板镇政府提供的资料，高力板小学始建于1947年，是科右中旗小学教育的鼻祖。现有教学班18个，其中蒙语授课班4个。在校学生743名，在职教职工55人，大专以上学历39人。学校占地面积26324平方米，生均占地37平方米。建筑面积2093平方米，生均占地2.9平方米。有仪器库、图书室、微机室、实验室等设施。图书室藏书11200册，生均10册。各类仪器配备率达80%左右。

近年来，在国家"优先发展教育"的政策指导下，学校办学条件逐年改善，教学质量稳步提高。2000年接受内蒙古自治区"普五"验收，2001 年被评估命名为"义务教育示范校"，2002 年被兴安盟教育局评估命名为"学校管理与环境育人先进校"，2003 年被兴安盟行署命名为"现代远程教育先进校"，2003 年被内蒙古自治区教育厅评估命名为"现代教育技术优秀校"。教育内部年度综合评估连续 14 年被评为一类学校。德育教育、教学质量、教育科研、实验教学、体卫艺等多项工作先后跻身于盟旗级先进行列。

在取得成就的同时，高力板小学也存在不足，如在"两基"工作中面临一些困难：一是校舍短缺。国家规定生均建筑面积 3.6 平方米，高力板小学仅有 2.9 平方米，生均缺 0.7 平方米，全校总缺校舍面积 497 平方米。二是图书、仪器不足。国家规定生均图书 20 册，高力板小学生均图书 9 册，共缺少图书 7100 册左右，约需资金 28400 元，各类仪器缺口 20%，两项共需资金约 40000 元。需要修建校园场地，投资约 15000 元。不过经过 2006~2007 两年的努力，高力板小学基础设施有了明显改善。

课题组对高力板小学的社会声誉进行了调查（见表 5-1），接受调查的 100 户村民，对高力板小学的总体情况是认可的。

表 5-1　国光嘎查 100 户村民高力板小学社会声誉调查统计

单位：户

选　项	调查结果	村民选项统计
师资力量	雄　厚	70
	一　般	26
	不清楚	4
教学设备	良　好	74
	一　般	22
	不清楚	4

选项 调查结果		村民选项统计
教学质量	高	72
	一　般	24
	不清楚	4
总体评价	优　秀	80
	一　般	16
	不清楚	4

资料来源：根据课题组问卷调查资料统计。

(二) 高力板中学

据高力板镇政府提供的资料，高力板中学是一所国办蒙汉合校的初级中学。高力板中学于 1952 年 10 月 10 日建在代钦塔拉，名为代钦塔拉中学，后于 1957 年春由代钦塔拉迁址到高力板，改校名为高力板中学。1962 年学校一部分迁址到巴彦呼舒镇，现为巴彦呼舒第一中学。高力板镇的高力板中学现有在校生 408 人，教学班 14 个，教职工 76 人，专任教师学历合格率 81.7%。校园总面积 378 平方米，建筑面积 2944 平方米。新增教学楼一幢 1777.4 平方米。匹配并投入使用 48 座语音室及按二类学校调拨的部分实验仪器、图书，基本保证了教学硬、软件的需要，为改制打下了较好的基础。目前，素质教育工程、农牧区初中教改工程综合配套建设已大见成效，"三百一加一园工程"①、职教基地已基本达标。

---

① 即学校种百亩地、植百亩林、养百头畜、办一个农产品加工厂，校内有一个植物园。

　　课题组对高力板中学的社会声誉进行了调查（见表5－2），接受调查的100户村民，对高力板中学的总体情况是认可的。

表5－2　国光嘎查100户村民高力板中学社会声誉调查统计

单位：户

选　项	调查结果	村民选项统计
师资力量	雄　厚	62
	一　般	34
	不清楚	4
教学设备	良　好	70
	一　般	26
	不清楚	4
教学质量	高	50
	一　般	46
	不清楚	4
总体评价	优　秀	30
	一　般	18
	不清楚	2

　　资料来源：根据课题组问卷调查资料统计。

二　村民毕业学校

　　课题组对国光嘎查50名青年的小学、初中毕业学校和15名青年的高中毕业学校进行了调查（见表5－3～表5－5）。调查结果显示：48人毕业于高力板小学，26人毕业于高力板中学，8人毕业于旗政府所在地的高中。可以说国光嘎查的村民接受小学、中学教育以高力板小学、高力板中学为主。

表5 - 3　国光嘎查50名青年小学毕业学校调查统计

单位：人

选　　项　　调查结果	村民选项统计
高力板小学毕业	48
旗政府所在地的小学毕业	2
其他小学毕业	0

资料来源：根据课题组问卷调查资料统计。

表5 - 4　国光嘎查50名青年初中毕业学校调查统计

单位：人

选　　项　　调查结果	村民选项统计
高力板中学毕业	26
旗政府所在地的中学毕业	20
其他学校中学毕业	4

资料来源：根据课题组问卷调查资料统计。

表5 - 5　国光嘎查15名青年高中毕业学校调查统计

单位：人

选　　项　　调查结果	村民选项统计
旗政府所在地的学校高中毕业	8
盟政府所在地的学校高中毕业	4
其他学校高中毕业	3

资料来源：根据课题组问卷调查资料统计。

三　村民文化程度

从接受调查的50名青年来看，国光嘎查青年人的文化程度以初、高中毕业为主（见表5 - 6）。

表 5 – 6　国光嘎查 50 名青年文化程度情况调查统计

单位：人

调查结果 选　项	村民选项统计
小学毕业	8
初中毕业	31
高中毕业	10
中专毕业	0
大专以上	1

资料来源：根据课题组问卷调查资料统计。

四　村民教育观念

作为蒙汉共聚地区的国光嘎查，课题组就"对学习民族语言的态度"这一问题进行了调查（见表 5 – 7），100 户接受调查的村民中，大部分村民认为应相互学习对方民族语言，并表示愿意学习其他民族语言，也支持学校教育推广双语教学。通过与国光嘎查 20 位蒙古族青年的交流了解到，这些青年均能运用汉语进行交流，且熟练掌握汉字的书写及使用。在接受调查的 20 位非蒙古族青年中，能运用蒙语交流的有 9 人，能使用蒙古族文字的有 1 人。

表 5 – 7　国光嘎查 100 户村民对民族语言的态度调查统计

单位：户

选　项 内　容	愿意学习 其他民族语言			应相互学习 对方民族语言			学校应积极 推广双语教学		
	愿意	不愿意	说不清	同意	不同意	说不清	同意	不同意	说不清
村民选项统计	75	18	7	86	10	4	80	2	18

资料来源：根据课题组问卷调查资料统计。

从调查（见表 5 – 8 ~ 表 5 – 9）的结果看，100 户村民中，大部分村民家的孩子在蒙汉合办的学校上学，很多村民期望孩子到外地接受高质量的教育。

表5－8 国光嘎查100户村民孩子在蒙汉合校学习调查统计

单位：户

选 项 \ 调查结果	村民选项统计
在蒙汉合校上学	74
不在蒙汉合校上学	26

资料来源：根据课题组问卷调查资料统计。

表5－9 国光嘎查100户村民对孩子到外地就读初、高中调查统计

单位：户

选 项 \ 调查结果	村民选项统计
希望孩子到外地接受教育	72
不同意	10
说不清	18

资料来源：根据课题组问卷调查资料统计。

第二节 医疗卫生

一 疾病类型

从调查（见表5－10）结果看，国光嘎查村民所患慢性病有高血压、脑血管病、糖尿病、肺结核、慢性支气管炎、冠心病、慢性肺炎等。

表5－10 国光嘎查100户村民患慢性疾病种类调查统计 （可多选）

单位：户

调查结果 \ 调查内容	慢性支气管炎	肺结核	慢性肺炎	高血压	冠心病	脑血管病	糖尿病	其他
村民选项统计	40	44	36	76	38	50	48	20

资料来源：根据课题组问卷调查资料统计。

二 村民就医地点

课题组就国光嘎查村民对高力板中心卫生院（简称"卫生院"）的社会声誉进行了调查（见表5-11），接受调查的100户村民中，认为卫生院医疗力量雄厚的有56户，认为医疗设备良好的有54户，对卫生院总体评价优秀的有50户。可以说，村民对高力板中心卫生医院总体上是认可的，但也有一些村民期望更好一些，或者说有不满意的地方。

表5-11　国光嘎查100户村民高力板中心卫生院社会声誉调查统计

单位：户

选　项	调查结果	村民选项统计
医疗力量	雄　厚	56
	一　般	40
	不清楚	4
医疗设备	良　好	54
	一　般	42
	不清楚	4
总体评价	优　秀	50
	一　般	46
	不清楚	4

资料来源：根据课题组问卷调查资料统计。

国光嘎查村民如患有轻微常见病，一般不到医院就诊，基本上自行购药治疗；如患有一般病症，有30%的村民选择到高力板中心卫生医院治疗；如患有较重病症，一般不在高力板中心卫生医院治疗（见表5-12）。

表 5 – 12　国光嘎查 100 户村民看病地点调查统计

单位：户

选　项	调查结果	村民选项统计
轻微常见病症	高力板中心卫生医院	10
	旗政府所在地医院	0
	不到医院，自购药物	90
一般病症	高力板中心卫生医院	60
	旗政府所在地医院	40
	通辽市政府所在地的医院	0
较重病症	高力板中心卫生医院	0
	旗政府所在地医院	22
	通辽市政府所在地的医院	64
	北京市的医院	14

资料来源：根据课题组问卷调查资料统计。

三　传染病防治及村民个人卫生

据冯彤云大夫回忆，新中国成立以后本地曾全民动员防流感、霍乱、天花等传染病，几乎每年都防。防流感是给村民检查体温，防霍乱是让村民注意卫生，防天花则要接种牛痘。新中国成立后本地最大的一次疫情是 1966 年的大流感，"几乎人人都得"。当时旗里直接组织卫生人员检查所有人的体温。虽然当时没有产生恐慌，但因为认识不足，大部分人不愿意接受体温检查。本地属鼠疫区，"农业社"时全民动员灭鼠，之后就没有发生鼠疫。当时的主要办法是下耗子药，堵耗子洞，用水灌"大眼瞪"[1] 和跳兔等，甚至每年春季学校放假让学生也参与灭鼠活动。学校根据不同年级，要求学生交耗子尾巴表示参加了灭鼠活动。据说，有的学生淘气，挖到老鼠，切断老鼠尾巴后又将老

---

[1]　一种野鼠，又叫"大眼贼"。

鼠放生，于是经常出现有学生费很大力气挖到老鼠却因为没有尾巴而很沮丧。此外，当时还开展灭苍蝇、灭蚊子、灭跳蚤等集体运动，但冯彤云回忆只有灭鼠是真正的集体动员，因为苍蝇、蚊子、跳蚤等直接下药就行，也用不着集体动员。当时大夫用药以中草药为主，既有医药公司销售的，也有去北边山里采的，冯彤云就曾去采过甘草、麻黄、草乌等。当时也用西药，主要有青霉素、链霉素、金霉素、索米痛片和安乃近等，都去医药公司购买。当时买药不受限制，冯大夫说"只要不是毒药都能买到"。当时正规大夫大部分都是卫校毕业的，即使赤脚医生也要经过专门培训。做赤脚医生，只要大伙公认是大夫，到镇医院培训后就可行医，国光嘎查的赤脚医生刘明远就是如此。据冯大夫回忆，当时卫生院注射青霉素不做皮试，有次出了医疗事故，差点造成病人死亡，这才开始用皮试。

除了找赤脚医生和去镇里卫生院，村民间也流传着一些民间治病的土办法，如刮痧治头痛脑热，拔火罐治疗感冒咳嗽。现在拔火罐、刮痧也用，但是不多了。此外，新中国成立前还有"跳大神"治病的，但新中国成立后都不公开进行了。在"合作社"时期，如果村民交不起医药费，就由生产队统一协调。

就村民个人卫生方面，冯大夫回忆以前本地村民洗澡都是在自己家洗，所以个人卫生状况很差，这也与村民生活困难有关。从改革开放后，尤其是国光与高升合并后本地有钱人多了，近年才开始有澡堂。但澡堂"没有政府盖的"，都是商业经营。"农业社"时期村民已经开始刷牙，刷牙的村民几乎能占到村民总数的一半。现在科学手段进步了，村民就诊时西医、蒙医、中医都去，也都方便。虽然西医、蒙医、中医界限明显，但他们用药都差不多。

四 新型合作医疗

随着内蒙古自治区新型农村牧区合作医疗试点工作的深入开展，科右中旗合作医疗管理委员会针对报销费用封顶线偏低、苏木镇级就医起付线过高等情况，对工作方案及时作调整，保证了农牧民群众的医疗权益（见表5－13）。现将有关内容摘录如下：

提高大额医药费的补偿金额，对报销封顶线先后进行了两次调整，由最初的每人每年最高报销5000元调整至10000元，住院分娩补偿由60元提高到150元；扩大农牧民群众受益面，对起付线按医院等级进行了调整，一级医院为100元，二级医院200元，三级医院500元，并取消五保户、特困户住院补偿起付线，对参加合作医疗保险的农牧民就诊患者一律免收挂号费；简化了报销制度，在旗内各定点医疗机构中实行"一证通"制度，取消了旗内苏木定点医疗机构相互转诊制度，在旗外住院患者凭住院手续到旗合管办审核后，在旗指定地点直接领取报销款；制定了合作医疗巡诊制度，苏木镇卫生院每月或不定期派医务人员深入偏远、卫生条件差的嘎查、艾里，对农牧民的常见病、多发病开展诊治工作；实行家庭病床管理，对参加合作医疗保险的农牧民慢性疾病患者，可实行家庭病床管理，对患重症长期用药的患者可允许开设家庭病床，费用按正常住院患者给予报销，将参加合作医疗保险的农牧民生产生活中非他人原因或主观意愿发生的意外伤害纳入补偿范围；制定了蒙药合作医疗有关内容，在自治区基本药物目录的基础上，制定了科右中旗合作医疗蒙药基本药物 98 种，从而规范了蒙医用药，尽量满足农牧民方便就医的愿望。

国光嘎查从集体积累中拿出 10770 元，为全体农牧民缴纳了个人合作医疗费用，由此，国光嘎查村民全部参加了农牧区合作医疗保险。就合作医疗的效果，曹秀成支书认为"对大病帮助很大，但小病还没看出来"。曹秀成的父亲 2007 年患食道癌，去河南接受治疗，花费近 2 万元，因为参加合作医疗，最后给报销了 1.1 万元。村民杨贵才有尿毒症，现在得常做透析，一年得花 3 万多，合作医疗能给报 1 万 ~2 万元，如果没有合作医疗，杨贵才就支付不起这么昂贵的医药费。又如韩庭富患了肺癌，治疗时花了 2 万多，最后合作医疗给报了 1 万多。再如商殿臣患了肝病，花了 1 万多，合作医疗给报了 5000 多。过去合作医疗刚开始实行时得嘎查委员会做村民的工作，现在村民看到合作医疗的好处，自己就积极参加了。但是合作医疗的弊端是要求必须住院，只有先治完病，返回单子，才能报销，因此如果没钱住院治疗便不能报销。比如村民孙某家，孙某现已去世，留下老婆和 5 个均已成年的儿子。孙家老太太年老体弱，大儿子有精神病，据说"经常拿着斧子在乡政府转悠"；二儿子近视眼严重，体质也弱，"找的媳妇还是个罗锅子"；三儿子是个瘸子；四儿子孙四患有肺结核，已经到了晚期，但因为没钱治病，据其母讲现在"只能在床上趴着等死"；五儿子一直在外地流浪。现在唯一的一间房也开裂，但无钱修缮。用曹书记的话说，"现在这一家子是无药可救"。

访谈之时孙家老太太来找曹秀成求助，正好科右中旗民政局杭局长也在。杭局长先给她讲结核病属于传染病，国家免费给治疗的政策，后又表示民政局会给予一定的资金帮助。可以说，新型合作医疗是深入人心的，是非常受欢迎的，但个别村民担心能否全面落实，担心缴钱多、压力大（见表5－14）。

表5－13　国光嘎查100户村民实行新农村合作医疗制度调查统计

单位：户

选　项　　调查结果	村民选项统计
实行了	96
没实行	0
不清楚	4

资料来源：根据课题组问卷调查资料统计。

表5－14　国光嘎查100户村民新农村合作医疗制度满意度调查统计

单位：户

选　项　　调查结果	村民选项统计
很好，拥护	32
很好，担心落实	60
很好，交钱多、压力大	8

资料来源：根据课题组问卷调查资料统计。

第三节　人生仪礼

一般而言，人生仪礼主要包括诞生礼、成年礼、婚礼和葬礼，每一种礼仪归属于相应的年龄阶段，有其规定的礼节仪式。在国光嘎查，蒙古族和汉族村民的人生礼仪既

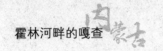
有相似之处，亦有各自不同，二者相互渗透、相互影响。

一　生育

据老人讲，20世纪60年代之前，本地妇女分娩时，不准朝向传说中"天狗张嘴"的方向，即春季禁忌向东、夏季禁忌向南、秋季禁忌向西、冬季禁忌向北。生产时，忌外人进产房，一般在屋檐下挂一明显标志，客人见此止步。在高力板医院建立前，本地妇女接生主要靠接生婆。产妇分娩时，接生婆要用清洁的剪刀或利刃把婴儿脐带割断，然后用温水将婴儿洗涤后用早已备好的棉被包好，将产妇胎盘深埋于地下。此外，还要用温水化红糖给产妇喝下。月子里的妇女不吃生盐，不下河趟水，不去碾房和井沿，不做重体力劳动。产妇禁止吃刺激性食品，主要的食物是新鲜的肉汤、鸡蛋、小米饭及其他营养丰富的食品。产妇和婴儿的住处要挂帷幔，他人不得带着凉风贸然入屋，也不准在产房附近吵闹和喧哗。特别是在产期1个月内，不准从产妇家借物，传统说法是怕带走奶水。婴儿在7天左右肚脐脱落后要睡摇床，当地人亦称摇车、摇篮、晃荡车。摇床通常由娘家在婴儿出生后送来。送摇床的过程也较郑重，绝不可沾土或中途放在地上。

随着经济发展和社会进步，尤其是20世纪70年代后高力板中心卫生院医疗水平的提高，产妇生产都去卫生院，条件稍微好一些的到科右中旗医院或到通辽市的医院。

二　满月

孩子满月即举行满月仪式，这在蒙古族居民中尤其受到重视，过去还有在婴儿满月这一天给其起名的讲究。无论蒙汉居民都要在这一天举办宴席，家长以孩子的名义给每位来宾敬酒，参加仪式的人，给孩子送礼祝贺，多送食品、衣物等，婴儿的外祖父母送的礼物最多。邻居还要给婴儿挂彩线，即祝福孩子福寿绵长，也含拴住之意。现在嘎查的年轻一代给孩子举行满月仪式一般只通知家中至亲，很少有大操大办的。

三　过百天

"过百天"在汉族与蒙古族居民中受到同样的重视，即庆祝孩子出生后的第100天时举行的仪式。"百天宴"仪式中，上午要给孩子举行剃胎发仪式。首先请父母双方至亲中的长辈入席，以茶点、果品款待宾客，庆贺剃发仪式开始。仪式正式开始时，由孩子的奶奶或姥姥为孩子剃头，剪下的头发要放在专门的盘子中。对于蒙古族孩子的法式还有讲究，要在其后颈留一撮头发，意为怕孩子生病或出意外死亡，因此这一撮头发寓意着将孩子留住。有些汉族家庭还要在剪发仪式后进行"抓周"，即将笔墨、糖果、奶食、剪刀、珊瑚等物品散放于桌上，让孩子随意抓取，以卜其将来的志向。现在，当地孩子周岁的庆祝活动仍然是很重要的，但很少举行给孩子剪发的仪式了。

四　本命年及祝寿

当地的蒙古族与汉族居民都讲究"本命年"，但各有不同。蒙古族与汉族的本命年都从13岁开始，之后每隔12年，即到25岁、37岁、49岁、61岁、73岁、85岁，直到97岁。蒙古族居民注重按寿者的寿龄，分层次赠送相应的不同文化内涵的礼品。25岁以下的为青少年时期的寿年，如同红日冉冉升起，因而要象征性地赠送红色礼物，如红色腰带、红衣服、红裤子、红帽子等；37～49岁为壮年之寿，要举行宴会，亲朋随礼钱并送礼物，因这个年龄段是做生意的黄金期，多赠送祝愿生意兴隆口嘴朝上之物，如钱袋、烟袋、荷包等；61岁最为关键，要大操大办，在61岁大寿宴席上，子女们磕头、敬酒、祝贺，祝福老人能活到73岁甚或85岁；61岁之后的寿诞上，亲朋要赠送白色物品如"哈达"等，祝福寿者晚年幸福。

对于汉族的风俗，本命年虽然也得系红腰带，穿红衣服、红裤子等，但不举办宴会。此外，除了本命年外，汉族居民还讲究"逢九"，即以虚岁年龄为九的倍数时称"逢九年"，一般从36岁开始。逢九年与本命年一样，也要穿红衣服。汉族居民过寿与蒙古族略有不同，汉族老人要过了60岁以后才能够做寿，60岁以前都称"过生日"。60岁以后每10年称为一大寿，即有70大寿，80大寿和90大寿，庆寿时儿女们要宴请前来祝贺的亲朋好友。做寿时，老人的年龄是有讲究的，比如：80岁不说80岁，而说79岁；老人活到100岁时，为老人贺寿时也只能说"祝老人家99岁大寿"。传统认为，"百年"是人寿的极限，"百年"之后，意味着人已死去，在人们听来，是非常不吉利的。另外，行拜寿礼仪时，晚辈给老人磕头，老人则会把事先准备好的红包分发给孩子们。红包也是有讲究的，包5元会说成100元，包上100元则会说成是1000元。前来祝贺的亲朋还要送贺礼，几十元至几百元不等，都要根据自家经济条件和与做寿家庭关系的远近程度而定。

对国光嘎查100户村民结婚、祝寿等活动随礼额度调查（见表5-15）显示，大部分村民的随礼金额在

50～100 元。

表 5–15　国光嘎查 100 户村民结婚、祝寿等活动随礼额度调查统计

单位：户

选　项　调查结果	村民选项统计
20 元左右	14
50 元左右	40
100 元左右	30
100 元以上	16

资料来源：根据课题组问卷调查资料统计。

五　丧葬

　　葬礼是人生的终结仪式，是一个人对人生和社会的告别。据蒙古族村民介绍，新中国成立以前，本地蒙古族居民实行天葬。当时蒙古族人死后，要用小牤牛拉着勒勒车将尸体运于荒野的天葬场。车加速行驶，死者被颠簸掉下的地方，就是他的埋葬之处。此时驾车之人也不允许回头瞭望，一直赶着勒勒车回家。死者掉下之后，等待狼来啃食，几天以后，死者的尸体不见了，只剩下残骨，死者的灵魂就"升天了"。如果尸体还在，死者的家人就很恐慌，认为死者罪孽深重，连苍天都不原谅。现在国光嘎查主要是实行土葬和火葬，土葬即将死者装入棺木中，连同他使用过的东西一并埋葬，并在地面上留墓冢为标志。火葬之后或是埋葬，其仪式与土葬相同，或是将骨灰撒入"海里"①。虽说国家三令五申死人必须火化，但因当地人的丧葬观念，加上高力板本地没有专门的火葬场所，所以现在土葬还是比较普

---

　　①　本地人称"河"或"湖"为"海"。

遍的丧葬方式。火葬受条件所限，实行较少。

土葬的死者要穿老式衣服，称"寿衣"。寿衣和棺材一般都提前做好。比如村民白某的母亲 88 岁去世，在 60 岁时就把丧葬用衣服、袜子、枕头等做好。死者要葬于向阳之处，本地一般在古坟，具体下葬位置有一定讲究，即辈分小的要排在后边。如果没有丧家古坟，就要去集体坟场。以上这些做法在当地的蒙古族与汉族居民中基本类似，只在具体的丧葬习俗上各有不同。

对于蒙古族居民，人刚死时就要由赡养老人的儿子向亲友报丧。一般而言，死者要停在炕上 3 个小时①后下葬，即不管冬夏、无论昼夜都要入殓。入殓的棺材质量要视家境而定，一般家庭只能用杨木，好点的会用松木。入殓后要直接将死人送到墓地，即使有远路亲戚赶不来也不耽搁。但如果下葬那天正好赶上"猴日子"，就得顺延一天，迷信说法猴与人同类，因此人下葬时要忌讳在猴日子。在报丧的同时，家里人要安排打墓的去墓地里挖墓穴。墓穴以放入棺材后，棺材能稍高出地面为宜。棺材送去墓地时既可以用马车拉，也可以用杆子抬。抬棺材队伍前要由儿子或孙子扛根杨木杆子，上面挂一白布，白布上书"唵（an）、嘛（ma）、呢（ni）、叭（ba）咪（mei）吽（hong）"。棺材放入墓穴后，要在棺材的大头处放一盏油灯和一些糕点粮食之类的贡品，棺材底下放一高罐头瓶，里边盛满水，用纸封上，在纸上放一馒头。有的还要往亡人嘴里放钱、翡翠、宝石等，但现在已经很少有人家这么做，因为怕盗墓。一切完成后即可填土，填土时将棺材盖住即可，不用

---

① 过去是三炷香的时间后。

堆成圆锥，因为3天后还要圆坟。填完土后，家人要在坟上撒五谷杂粮。下葬圆坟后，每逢7天，死者的儿子就要烧纸和食物，烧纸前要敬3杯酒。蒙古族居民祭奠死者一般由儿子进行，当然女儿也可以去。现在的丧葬礼俗就看丧家重视不重视，前年高力板镇还有"40多辆车出殡的"，但像这样的情况很少见。丧家春节过年时贴对联都是绿色对联，要连贴3年，村民认为绿色在五色里属于黑色。总体而言，本地蒙古族丧葬习俗较为简单。

对于汉族居民的丧葬，现在一般都找丧葬品店，各种仪式和程序都由丧葬品店组织，比较统一。死者去世当天，要先往其嘴里放"咽口钱"，之后给穿"寿衣"。死者穿好寿衣后要"停尸"，一般在门板上停3天，3天期满后入殓。入殓前由专人统一安排亲人见死者的最后一面，此时忌讳把眼泪掉到死者脸上。入殓时咽口钱要从死者嘴里取出，钉在"棺材天"①上。这段时间，丧家派长子报丧，亲友们闻讯要来祭奠磕头。每家亲友来磕头之时，丧家要给回磕。死者入殓后当天就要"出殡"，即将棺材拉往墓地，送葬时，一般由长子扛"灵灵幡"走在送葬队伍最前面。"灵灵幡"是一根杆子上挂白布或白纸，上书"金童前引路、玉女送西方"。送葬时忌讳途中停下，拉棺材以前是用马车拉，现在都是专门的灵车。到了墓地，棺材不能落地要架起来，之后用绳子绑着棺材下葬。棺材放入墓穴后一般要稍高于墓穴半尺左右，放入后将"棺材天"上的大钱取下，就可填土。跟蒙古族风俗一样，也是只用土将棺材稍微盖住，因为下葬3天后还要圆坟。填土完毕后，坟头上要拿秸秆搭

---

① 棺材较大的一端。

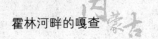

个房子，然后把"棺材天"上取下钱绑在秸秆上。圆坟后每逢7天就烧纸一次，共七七四十九天。本地丧家只有出殡那天才穿孝服，俗称"披麻戴孝"。麻绳是必不可少的，男的要扎在腰带上，女的要系在头上。孙子和孙媳妇要在胳膊上带黑布，黑布上缝块红布，儿子、儿媳妇则全身着黑。汉族居民过去还忌讳女儿进坟地，但现在这个讲究也发生变化，因为如果某家只有独生女就只能是女儿去送葬。

第四节　习俗与信仰

节日具有浓厚的民族特色，一个节日从其形成之日起，就通过节日饮食和娱乐活动体现出其独特的作用，显示其独特的历史积淀。与"人生礼仪"类似，在国光嘎查蒙古族和汉族村民的节日礼俗既有相似之处，亦有各自不同，二者相互渗透、相互影响。

一　节日习俗

（一）小年

腊月二十三为小年。对于汉族居民而言，相传腊月二十三灶神要上天向玉皇大帝汇报民情，百姓希望灶王爷"上天言好事，下界降吉祥"，又怕灶神乱说，降下灾祸，便在这天用糕糖香火祭灶神，免得灶王爷上天讲坏话。同时各家要将家中的水瓮添满，准备让灶神饮马，俗称"饮灶马"。对于蒙古族居民而言，过小年是为了祭祀火神，属于"火崇拜"。蒙古族信仰万物有灵，崇拜天地山川和日月星辰，他们对火尤其崇拜，因此也有了种种禁忌。如往火里吐唾沫或倒水被看

成是大罪，禁止往火里扔垃圾、废物，禁止用不干净的木柴
生炉子。孩子患各种各样的擦伤、溃疡病等，他们会认为这
是由于孩子们对火漫不经心、疏忽大意造成的。

（二）春节

无论蒙古族还是汉族居民，春节都是必过的隆重节日。
春节之前，家家都要准备年货。春节这天，村民要贴对联、
贴年画，创造各种喜庆气氛。除夕之夜，通宵达旦，称之
为"守夜"或"熬年"。除夕夜，各家各户放鞭炮、挂灯
笼、吃饺子，以示团圆，还要将硬币放入饺馅中，谁吃着
这种饺子，就象征终年大吉。正月初一，亲戚间互相贺岁
道喜，朋友们串门祝贺，并以各种好饭好菜招待客人，人
们称为"拜大年"。这种春节的气氛一直要过到初五，而且
这段时间忌讳往外倒垃圾。

根据调查（见表5－16），100户村民中，对"除夕夜吃
饺子、放鞭炮、挂灯笼，相互拜年，观看'春节联欢晚会'"
三个选项全都做了选择，大部分村民对"亲朋之间互相请客
吃饭"、"初一至初五不往外倒垃圾"两项做了选择。

表5－16　国光嘎查100户村民春节活动内容调查统计（可多选）

单位：户

选　项　＼　调查结果	村民选项统计
除夕夜吃饺子、放鞭炮、挂灯笼	100
相互拜年	100
亲朋之间互相请客吃饭	90
看"春节联欢晚会"	100
初一至初五不往外倒垃圾	70

资料来源：根据课题组问卷调查资料统计。

189

（三）元宵节

元宵节是汉族的节日，蒙古族居民不过。元宵节的时间为农历正月十五，当地人称为"过十五"，主要的活动则在十四至十八日举行，有扭秧歌、踩高跷、观花灯、舞狮子等（见表 5 – 17）。

表 5 – 17　国光嘎查 100 户村民元宵节活动内容调查统计（可多选）

单位：户

选　项 \ 调查结果	村民选项统计
吃元宵、放鞭炮	94
看秧歌	70
挂红灯笼	83
看"元宵联欢晚会"	80

资料来源：根据课题组问卷调查资料统计。

（四）"二月二"

农历二月初二这一天，人们黎明就起床，要把硬币放在水桶里，到井边挑水。中午吃饭时还要吃猪头肉。此外这一天无论大人小孩一般都要理发，寓意为"龙抬头"。参与调查（见表 5 – 18）的 100 户村民均认同"此时的年味已经很淡了"。

表 5 – 18　国光嘎查 100 户村民"二月二"活动内容调查统计（可多选）

单位：户

选　项 \ 调查结果	村民选项统计
吃猪头肉	70
理发	55
放鞭炮	45

资料来源：根据课题组问卷调查资料统计。

（五）清明节

清明这一天，无论是蒙古族还是汉族，各家都要去扫墓祭奠死者，在墓地里烧纸、磕头等。有的人家还把布剪成指头大小的圆块，做成蓝白相间的清明串子，拴在孩子的衣服肩上，以示驱病镇邪。现在，学校经常在清明节期间组织青少年祭扫烈士公墓及打扫环境卫生。

（六）端午节

本地又称"五月节"，因在农历五月初五。各家各户吃粽子或凉糕。有的人家将艾蒿插于门上，有的人家用彩色纸做蛇、蝎、蜘蛛、壁虎、蜈蚣"五毒符"贴在门上，做五色丝绳系在孩子们的手腕、脚腕、脖颈上，以示除秽避毒、防邪镇恶。有的村民还要在这天杀猪。

（七）中秋节

本地又称"八月节"，是汉族的节日。此时，秋收大忙接近尾声，一年收获已见成效，借中秋之际欢庆丰收，象征团圆。各家要制作月饼，且外出之人要归来团聚。

（八）腊八节

农历十二月初八称为腊八节，是汉族的节日。这天村民用黄米、豌豆、小米、红枣及糖熬煮成粥，以粥为食。有的还在腊月初七凿冰块、堆雪雕成"腊八人"立在粪堆上，吃粥前将少许粥汤撒在"腊八人"头上。

（九）敖包会

在国光嘎查，这是以蒙古族居民为主来庆贺的盛大节日,在每年8月8日那达慕大会前一天,都要祭敖包。敖包是用石块堆积而成的,蒙古族认为敖包是神灵所在,故向敖包祈求人畜两旺,视其为草原的保护神。过去祭敖包都以敖包附近的村屯为单位,有的甚至几个村屯联合举办大型的集体祭祀活动。骑马、摔跤、射箭这"男儿三艺"肯定少不了,打布鲁更是场面激烈,乌力格尔、好来宝、唱歌、跳舞等文娱活动异彩纷呈,以牲畜交易为主的物资交流也热闹非常,更有众人集资杀猪宰羊煮大锅肉设敖包野宴全民狂欢。

二 精神信仰

科右中旗的蒙古族居民都信仰佛教,国光嘎查也是如此。比如蒙古族村民白某的母亲从小就信佛教,20世纪60年代后还曾专门去五台山朝圣。即使在"文化大革命"时期,整个社会的大环境都禁止人们从事宗教活动,白的母亲等到晚上灭灯后还要冲着西南方向磕头。嘎查中汉族居民信仰宗教的较少,只有少数老年人(以女性居多)接受佛教或其他民间信仰。参与民间信仰的村民自己也很少能说出具体的信仰对象,大都呈现出神秘性与功利性特征,强调的不是修行和自我完善,而是在遇到困苦时诉求于神灵寻得庇佑。而且家里如果出现一些突如其来的灾难,或者是患一些难以治愈而找不到原因的疾病,村民常用的口头语是"惹着谁了?"亦即他们认为触犯了某些神灵或精灵。

对于村民的宗教信仰调查比较困难,这主要是源于前些年的"法轮功"事件,一些村民认为进行祷告都会被别人误以为是"练法轮功"。

课题组调查走访的100户村民中,大部分选择了不信宗教，只有1户选择信仰佛教（见表5-19）。对于是否有宗教信仰自由，接受调查的100户村民有80户选择"自由的"（见表5-20）。

表5-19　国光嘎查100户村民宗教信仰调查统计

单位：户

选项内容　　调查结果	村民选项统计
伊斯兰教	0
佛　　教	1
基 督 教	0
天 主 教	0
其　　他	4
不 信 教	95

资料来源：根据课题组问卷调查资料统计。

表5-20　国光嘎查100户村民宗教信仰自由情况调查统计

单位：户

选项内容　　调查结果	村民选项统计
自由的	80
不自由	0
说不清	20

资料来源：根据课题组问卷调查资料统计。

随着人们科学文化知识的增加和受教育水平的提高，一些嘎查村民开始以科学的态度来认识一些宗教信仰和过去的种种禁忌。比如传统上客人去拜访有新生婴儿的人家时不能带锁子、钥匙，据说这样会把产妇的乳汁带走，最后导致孩子没奶吃。村民白某就认为这种禁忌是不科学的，主要原因还是过去人们吃得不好，产妇的营养跟不上才会

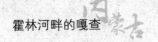

出现缺奶。现在人们的"生活水平提高这么多，吃的也不缺营养"，这类不科学的禁忌已越来越没有人相信。

附录　嘎查典型人物事迹

于长友　党支部书记于长友是国光嘎查的领军人物，他曾于2004年被评为科右中旗优秀共产党员，2005年被评为全国劳动模范，并荣获"全国五一奖章"。自2000年初上任后，他带领"吃粮靠返销，花钱靠贷款，生活靠救济"的国光嘎查走上了富裕文明的小康之路。于长友勇挑重担，知难而上，写申请、打报告、跑项目、筹资金。与此同时，他还带领群众苦干30天，先后打出30眼管井，使全村水浇地面积增加2000亩。2001年春，于长友带领班子成员加班加点，将1万亩沙化地迅速承包到户，亲自带领群众种植杨树568亩、柳树500亩。之后又组建了专业合作社，先后吸纳26个蔬菜大棚专业户及26个绒山羊养殖专业户，邀请供销社相关人员现场指导，按照专业合作社的做法，对产品实行统一摊位、统一价格、统一批发零售，降低了市场风险，大大增加了村民的收入。2002年，国光嘎查万元户就达到了130家。2004年，于长友引进资金，兴建占地面积2万平方米的杂粮烘干包装公司，收购玉米2000余吨，彻底解决了当地农牧民粮食销售难的问题。同年，他还组织成立了自治区第一个农民工会，以工业化的思维管理模式规划国光嘎查经济发展。2007年，于长友又着手筹建6000万平方米的集批发、零售为一体的农贸市场，年计划吞吐农副产品6000万斤。他还不断拓宽视野，计划筹建一个草原大鹅生产加工基地，并派出人员到外地学习技术，开发、加工柳编工艺品。在于长友的带领下，国光嘎查农牧民的收入和生活，在短短几年内发生了翻天覆地的变化。集体积累从欠债 8 万余元到拥有固定资产 20 万元，2002 年人均收入达到 1570 元，2006 年突破了 4500 元。于长友在创业的同时还注意开源节流，为节约嘎查经费，提出了一系列改革措施：一是不设招待费，由过去嘎查来客到高力板镇饭店招待的做法改为吃派饭，仅此一项年节约经费就达 6000 元；二是规定降低差旅费补助标准，力求为嘎查节约每一个铜板。于长友每年还结对帮扶 5 个特困户，帮助其安排生产、生活。国光嘎查村民徐则利的脱贫致富就是在于长友的帮助下得以实现的。2000 年时，徐则利家里没有任何额外收入，几亩薄田根本解决不了生活问题。于长友上任后，号召家家发展养殖业，并亲自为徐则利家拿出 4000 元钱，支持他发展养殖业。如今徐家的羊已经发展到 60 余只。2000 年之前，徐家年收入只有 5000 余元，2006 年达到 25000 元。于长友认为，国光嘎查之所以能发展得这样快，得益于他们成立的专业合作社。村民采取入股的方式加入合作社，这样合作社可以在种子采购、良种选择、粮食种植、家畜养殖、农产品销售中，为参加合作社的村民提供一系列服务。在调查中，于长友向笔者介绍，是合作社让国光嘎查做到了"五个统一"：一是统一培训，即利用农闲时节把农民组织起来统一培训。二是统一购买种子、化肥。国光嘎查一年需要化肥 120 多吨，种子近 3 万斤，按专业合作社统一购进可节省资金七八十万，平均每户节省近千元。三是统一播种，即在"五一"前统一播种。四是统一技术指导。五是统一收购、统一销售。据统计，从 2002 年到 2007 年，专业合作社平均每年为农民创造利润已达 108 万元左右。现在不仅国光嘎查的村民户户加入了合作社，周边一些地区的农户也加入了合作社。于长友把责任置于心中、担在肩上，带领乡亲们走上了富裕路，用行动赢得了乡亲们的赞誉。

赵领全　赵领全由于患骨巨细胞瘤被哈尔滨医科大拒收，辗转来到北京301医院进行了手术。手术的成功虽然不可避免地落下了终生残疾，却也给了她重新开始生活的机会。经过两年的休养和调整，她又回到了高力板镇粮站的工作岗位上。1995年，具有远见卓识的她瞄准了"通信"这一在当时算是新鲜的行业，借款7000元，在镇区的繁华地段率先开起了公用电话亭。意想不到的是电话亭生意十分火爆，仅半年就收回了成本，每年电话亭的纯收入达到1万余元。1997年，赵领全和当地一位淳朴忠厚的小伙子结婚了，婆家虽说离镇区较远，但是房前屋后有不少的空地，细心的她没有忽视这一资源。于是她和丈夫打了井、修好了院套，在房前种上了韭菜、大葱、蒜和其他各种蔬菜，栽上了葡萄、沙果、杏树等各种果树，在房前种植了100多棵杨树。如今，凭借着夫妇二人巧手创办的农家菜园，每年都能为家里带来2000余元的额外收入。2001年，粮站为部分下岗职工买断劳动力，幸运的她通过抓阄得到了6头母牛。经过几年的精心饲养，已发展到了15头。此外她还养了50多只鹅，20多只鸡和8只北京大白鸭。

曹秀成　男，汉族，中共党员，1973年生。1980年小学毕业于高力板第二完小，1987年因学习不好辍学务农。曹秀成的父母都是农民，家里菜园子种得比较成功。1989年家里买了四轮车，曹秀成就开始开四轮车卖菜。1990～1994年开始当瓦工，拉土、拉沙、拉砖，1996年开沙场。

曹秀成称，开沙场起因于当时吉林公路段一朋友找他包工程。因为沙场得经常倒沙坑，曹秀成倒了五六个沙坑，在牧场一队、拉拉屯、新佳木、哈日道布等地都挖过沙坑。开沙场刚开始投资 2 万~3 万元，后来逐渐增加设备，投入增加到 20 万~30 万元，业务范围也逐渐拓展至科右中旗南部和吉林西部与兴安盟交界处。2005~2006 年曹秀成开始包工程，2002~2007 年，看到妻子闲着没事，曹秀成便投资开了一家"秀成火锅城"，当时属高力板镇第一家。到 2007 年时，全高力板有了 3 家火锅城，曹秀成却把火锅店盘了出去，因为这一年秋天他买了挖沟机，去吉林承包自来水工程。到 2009 年春天，曹秀成把挖沟机也卖了。按曹秀成的说法是自己一直在外揽业务，媳妇帮助打理家，"协管内部"。从 2005 年开始，吉林龙丰和远东两个公司来找时任嘎查达的曹秀成搞示范基地，当时嘎查里没有人愿意搞，曹秀成就开始尝试，结果获得了成功。与此同时，曹秀成还一直搞葵花籽订单收购，春天与村民签订收购合同，秋天收购后销往全国。2007 年曹秀成与吉林通榆远通种子公司和龙丰种业公司合作，经营全高力板镇的高粱订单和葵花订单收购业务。2009 年课题组补充调查时，曹秀成称兴安盟的葵花订单收购共有突泉、乌兰浩特和高力板三大块，由自己负责的共 3 万亩，占全盟的 1/3，算是最多的。

　　问及他为什么会有这么多机遇，曹说自己经常出外考察，认识人多，得到的信息多，机会也就多了。尤其本地与吉林省毗邻，"自己与吉林那边的关系也不错"。曹认为自己成功的最大因素是办事讲信用。这么多年，获得这么多的机遇，曹觉得自己很顺当，干啥都没赔过。干过那么多的事，转过那么多行，但转行不是因为赔钱，而是因为

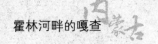
有更赚钱的机会。当然失败也有过，2008年曹秀成搞过红干椒种植，但因为市场价格低，而且没完全掌握种植技术，最终归于失败，他说"以后再也不弄红干椒了"。现在曹秀成搞葵花订单收购，一是省工，二是市场前景好，三是投资少。现在收割虽然还是靠人工，但播种实现了机械化，效率很高。曹秀成感觉自己从拉土、拉沙起家，经历也很丰富，但是活多心累。虽然如此，曹秀成还是准备下一步多搞几个订单。

后 记

　　课题组本着调查对象应具有"典型性、必要性与可行性"的原则，经过认真研究、慎重选择，最终将科右中旗高力板镇国光嘎查确定为调查对象。选择国光嘎查原因有四：第一，历史悠久。高力板镇国光嘎查地处科尔沁草原腹地，原为蒙古科尔沁部的封地，20世纪初，此地随清朝开垦蒙地而逐渐发展起来。高力板镇又是科右中旗人民政府的诞生地，在20世纪40年代末50年代初为全旗发展建设发挥了特殊而重要的作用；第二，蒙汉聚居。科右中旗为全国蒙古族聚居比例最高的旗县，而国光嘎查却是该旗为数不多的汉族聚居程度较高的嘎查。清朝末年，清政府开垦蒙地政策的出台，使得很多闯关东者不断涌入，辽宁、河北、山东等地的汉人争相进入该地，他们或是开垦土地，或是经营商铺，逐渐在此定居。蒙汉民族的长期杂居共处、相互学习和相互影响，形成了富有特色的地域文化。第三，交通便利。国光嘎查是两省区（内蒙古自治区和吉林省）三地（巴彦胡硕镇、通辽市和吉林省通榆县）的交通枢纽，新旧111国道均穿越嘎查，交通极为便利。第四，商贸集散地。该地区自古以来就是商贸枢纽与商品集散地，2001年，义和道卜和巴仁太本两个苏木并入高力板镇后，进一步促进了该地区的商贸流通。

　　确定调查对象后，课题组主要完成了以下工作：首先，制定了工作计划、时间安排与任务分工；其次，研制调查问卷，搜集相关资料；第三，入户调查与走访；第四，到相关部门走访并搜集资料。2007年10月～2009年7月，课题组先后四次赴国光嘎查，进行了为期近1年的实地调查，取得了丰富翔实的第一手资料。

　　调查过程中，科右中旗政府民政局、畜牧局、高力板镇政府等单位及国光嘎查均给予热情接待，提供了大量的资料，并积极配合调查工作的开展。

　　本书由我主编，内蒙古师范大学历史文化学院教师黄河参与了第一章和第二章的撰写工作。我的学弟卢凤龙，高力板镇党委书记杭金贵（现为旗民政局局长），国光嘎查干部于长友、曹秀成，高力板中学教师吴林和包志杰，通辽市蒙古族中学教师胡格吉勒，科右中旗草原亚泰肉类联合加工有限责任公司冯向阳等人给予了多方面的支持与帮助。在此，向他们致以深深的谢意！

　　本书付梓之际，在国光嘎查调查的日日夜夜又浮现脑海，尤其让我怀念的是国光这片厚土上不辞辛劳的善良村民，他们以最质朴的语言表达着对未来的美好祈愿，祝福他们的明天更加美好。虽然我对此项工作投入了很多汗水和深厚情感，但囿于水平所限，缺点错误一定不少，敬请专家、同行和读者批评指正。

韩 巍
2009年8月

图书在版编目（CIP）数据

霍林河畔的嘎查：内蒙古科尔沁右翼中旗高力板镇国光嘎查调查报告／韩巍著．—北京：社会科学文献出版社，2012.4

（当代中国边疆·民族地区典型百村调查／厉声主编．内蒙古卷．第1辑）

ISBN 978－7－5097－3002－7

Ⅰ.①霍…　Ⅱ.①韩…　Ⅲ.①农村调查－调查报告－科尔沁右翼中旗　Ⅳ.①D668

中国版本图书馆 CIP 数据核字（2011）第 265358 号

当代中国边疆·民族地区典型百村调查：内蒙古卷（第一辑）

霍林河畔的嘎查
　　　　——内蒙古科尔沁右翼中旗高力板镇国光嘎查调查报告

著　　者／韩　巍

出 版 人／谢寿光
出 版 者／社会科学文献出版社
地　　址／北京市西城区北三环中路甲 29 号院 3 号楼华龙大厦
邮政编码／100029

责任部门／编译中心（010）59367004　　　责任编辑／王玉敏
电子信箱／bianyibu@ ssap. cn　　　　　　责任校对／郭艳萍
项目统筹／祝得彬　　　　　　　　　　　　责任印制／岳　阳
总 经 销／社会科学文献出版社发行部（010）59367081　59367089
读者服务／读者服务中心（010）59367028

印　　装／北京季蜂印刷有限公司
开　　本／889mm×1194mm　1/32　　　　本册印张／7
版　　次／2012 年 4 月第 1 版　　　　　　本册插图／0.25
印　　次／2012 年 4 月第 1 次印刷　　　　本册字数／156 千字
书　　号／ISBN 978－7－5097－3002－7
定　　价／169.00 元（共 4 册）